Johannes Simang

Ein geschenktes Leben: Barabbas

Die Freiheit, die wir suchen, ist die Freiheit des
Geistes und nicht die Willkür des Handelns.

AF280964

Gewidmet:

Meinem Freund Detlef Meyer

Johannes Simang

Ein geschenktes Leben: Barabbas

Die Freiheit, die wir suchen,
ist die **Freiheit des Geistes** und
nicht die **Willkür des Handelns**.

Ein Lesebuch

Bibliografische Information der Deutschen National-bibliothek: Die Deutsche Nationalbibliothek verzeich-net diese Publikation in der Deutschen National-bibliografie; detaillierte bibliografische Daten sind im Internet über dnb.dnb.de abrufbar.

Verlag: BoD · Books on Demand GmbH,
Überseering 33, 22297 Hamburg, bod@bod.de
Druck: Libri Plureos GmbH, Friedensallee 273,
22763 Hamburg
ISBN: 978-3-8192-6576-1

Weitere Titel des Autors, Johannes Simang 'googeln

Inhalt

Vorwort

Die Idee zu diesem Roman kam mir nach Passions-
andacht am Karfreitag in der Spandauer Hauptkirche
St. Nikolai.

Die Erzählung von Barabbas ist eine, die tief in das
menschliche Herz und in die Fragen unserer Existenz eindringt. In einer Welt, die oft von Konflikten,
Ungerechtigkeit und dem Streben nach Macht geprägt ist, kann die Figur des Barabbas als Spiegel
unserer eigenen Kämpfe und Entscheidungen dienen. Seine Geschichte, die in den biblischen Texten
angedeutet wird, ist mehr als nur ein kurzer Moment
im Schatten der Kreuzigung; sie ist ein kraftvoller
Ausdruck des inneren Kampfes zwischen dem Drang
nach Freiheit und der Verlockung zur Gewalt.

In „Ein geschenktes Leben: Barabbas" lade ich Sie
ein, den Weg eines Mannes zu verfolgen, der zwischen der Anziehungskraft eines charismatischen
Führers, der für Nächstenliebe und Hoffnung kämpft,
und der verzweifelten Realität seiner eigenen Welt
steht. Barabbas ist nicht einfach ein politischer Auf-
rührer; er ist ein Mensch, gefangen zwischen seinen
Überzeugungen und dem komplizierten Netz von
Loyalitäten, das seine Entscheidungen beeinflusst.
Der Kerker, in den er geworfen wird, wird zum Ort
seiner Transformation, wo er die Möglichkeit hat, sein
Leben und die Bedeutung von Freiheit neu zu be-
werten.

Diese Geschichte spielt im Spannungsfeld von Glaube und Zweifel, von Ergebung und Rebellion. Sie stellt die Frage, wie weit wir bereit sind zu gehen, um unsere Überzeugungen zu verteidigen, und was geschieht, wenn wir mit unserer eigenen Sterblichkeit konfrontiert werden. Barabbas' überraschende Freilassung ist nicht nur ein Wendepunkt in seiner Geschichte, sondern auch eine Einladung, die unsere eigene Beziehung zur Freiheit und Verantwortung zu reflektieren.

Möge diese Erzählung Sie auf eine Reise mitnehmen, die tief in das menschliche Dasein eindringt, mit all seinen Widersprüchen und Herausforderungen. Es ist eine Einladung, über den Wert eines „geschenkten Lebens" nachzudenken und darüber, was es bedeutet, den eigenen Weg zu finden – selbst inmitten von Chaos und Unsicherheit.

Lassen Sie uns gemeinsam die Seiten aufschlagen, die Geschichte von Barabbas neu erleben und entdecken, wie die Wahl zwischen Gewalt und Liebe, zwischen Unterdrückung und Freiheit zeitlos bleibt und auch heute noch relevant ist.

Ihr Johannes Simang

„Im Fluch des Kreuzes"

Die Sonne brannte unbarmherzig auf die staubigen Straßen Jerusalems, während die Menschen in hastigen Schritten aneinander vorbeizogen. Die Luft war geschwängert von den Rufen der Händler, die ihre Waren anpriesen, und dem Geschrei der Kinder, die in den schmalen Gassen spielten. Doch hinter der geschäftigen Fassade brodelte eine Unruhe, die wie eine Gewitterwolke über der Stadt lag. Es war die Zeit der Erwartung – die Zeit des Passahfestes, als die Juden aus aller Herren Länder nach Jerusalem strömten, um ihre Traditionen zu feiern und das Gedächtnis an die Befreiung aus der ägyptischen Sklaverei zu bewahren.

In einem dunklen Hinterzimmer einer heruntergekommenen Herberge, verborgen vor den neugierigen Blicken der Passanten, saß Barabbas. Sein Blick war scharf und durchdringend, und seine Hände, von der Arbeit eines Kriminellen gezeichnet, drückten fest einen Becher Wein. Er war nicht nur ein einfacher Verbrecher; er war ein Mann, der sich gegen die römische Unterdrückung auflehnte und für die Freiheit seines Volkes kämpfte. Doch der Preis für diesen Kampf war hoch, und Barabbas wusste, dass die Zeit gegen ihn arbeitete.

Die Wände des kleinen Raumes waren mit Schmutz und Erinnerungen an vergangene Kämpfe bedeckt. Hier hatte er seine Pläne geschmiedet, seine Mitstreiter versammelt und die ersten Funken des

Aufstands entzündet. Die römischen Legionäre patrouillierten in der Nähe, und jeder Tag brachte neue Gefahren. Barabbas hatte das Gefühl, dass die Stadt in einem gefährlichen Ungleichgewicht schwebte, und ein Funke genügte, um das Pulverfass zur Explosion zu bringen.

„Die Zeit ist gekommen", murmelte Ruben, sein loyaler Gefährte, der die Tür öffnete und die frische Luft hereinließ. „Wir haben genug Männer, um die Wachen zu überwältigen und die Steuereinnahmen zu stehlen. Es ist der perfekte Zeitpunkt, um ein Zeichen zu setzen."

Barabbas schüttelte den Kopf. „Ein Überfall wird uns nicht befreien, Ruben. Wir müssen die Massen hinter uns vereinen. Es gibt Gerüchte über einen Mann, der Wunder vollbringt – *Jesus von Nazareth*. Die Menschen folgen ihm, und er könnte unser Schlüssel zum Erfolg sein."

Ruben runzelte die Stirn. „Jesus? Ein Prediger? Glaubst du wirklich, dass er sich mit einem Verbrecher wie dir einlassen wird?"

Barabbas' Augen funkelten. „Er ist kein gewöhnlicher Mann. Die Leute glauben an ihn. Wenn wir ihn für unsere Sache gewinnen können, könnten wir die Massen mobilisieren. Wir müssen ihn finden, bevor die Römer ihn gefangen nehmen."

Das Geräusch von Hufen, die auf dem Pflaster klapperten, ließ Barabbas aufhorchen. Er wusste, dass die römischen Soldaten nicht weit entfernt waren. „Wir müssen uns beeilen", sagte er und stand hastig auf. „Die Zeit drängt."

Als sie die Herberge verließen und in die Gassen der Stadt eintauchten, spürte Barabbas das Gewicht der Verantwortung auf seinen Schultern. Er war nicht nur ein Krimineller; er war ein Mann mit einer Mission – ein Mann, der für die Freiheit seines Volkes kämpfen wollte. Doch in einer Stadt, die von politischen Intrigen und religiösen Spannungen durchzogen war, war der Weg zur Freiheit gepflastert mit Gefahren, und jeder Schritt könnte sein letzter sein.

Die Straßen Jerusalems waren voller Geheimnisse, und Barabbas war bereit, die Barrieren zu durchdringen, um die Wahrheit zu finden – und vielleicht auch seinen eigenen Platz in der Geschichte.

Der Einzug Jesu in Jerusalem

Der Tag war gekommen, an dem die Stadt Jerusalem in ein Meer von Farben und Klängen eintauchte. Die Straßen waren überfüllt mit Menschen, die sich versammelt hatten, um dem Einzug Jesu von Nazareth zu bezeugen. Barabbas stand an einer Ecke, verborgen im Schatten eines alten Olivenbaums, und beobachtete das Schauspiel mit gemischten Gefühlen. Der Jubel der Menge hallte in seinen Ohren, während die Menschen Palmzweige schwenkten und Rufe wie „Hosianna!" durch die Luft schwebten.

„Seht euch das an, Barabbas!", rief Ruben, der neben ihm stand. „Die Leute sind verrückt nach ihm!"

„Ja, aber das könnte auch unsere Chance sein", murmelte Barabbas, während er die Menge musterte. „Wir müssen die Aufmerksamkeit auf uns ziehen, während sie alle ihm zujubeln."

Er wandte sich an seine Bandenmitglieder, die in der Nähe lauerten. „Hört zu! Während sie sich auf Jesus konzentrieren, werden wir die Schaulustigen bestehlen. Zielt auf die Reichen – die, die mit Gold und Silber prahlen. Wir brauchen das Geld für unsere nächsten Schritte."

Die Männer nickten zustimmend und bewegten sich lautlos durch die Menge. Barabbas blieb zurück, seine Gedanken kreisten um den Mann, der in die Stadt ritt. Jesus war anders. Er strahlte eine Autorität und eine Ruhe aus, die selbst Barabbas beeindruckte. Inmitten des Chaos fand er einen inneren Frieden, der ihn an seine eigenen Überzeugungen erinnerte.

Die Bandenmitglieder mischten sich geschickt unter die Schaulustigen, während Barabbas das Geschehen beobachtete. Plötzlich hörte er einen Schrei – eine Frau, die um ihre verlorenen Münzen weinte. Barabbas' Männer waren schnell und effizient, und innerhalb weniger Minuten hatten sie mehrere wohlhabende Bürger bestohlen. Doch während sie sich zurückziehen wollten, schien die Menge plötzlich unruhig zu werden.

Ein römischer Soldat hatte die Szene bemerkt und drängte sich durch die Menge. Barabbas' Herz raste. „Wir müssen uns zurückziehen!", rief er und winkte seinen Männern zu. Doch es war zu spät. Die Soldaten hatten die Bande entdeckt und umzingelten sie.

In dem Chaos, das folgte, gelang es Barabbas, sich zu befreien und in eine enge Gasse zu flüchten. Er hörte die Rufe der Soldaten hinter sich, doch als er um die Ecke bog, stieß er auf eine unerwartete Begegnung.

Dort, in der schattigen Gasse, stand *Maria Magdalena*. Ihr Gesicht war ernst, aber ihre Augen funkelten vor Entschlossenheit. „Barabbas! Du musst hören, was ich zu sagen habe. Jesus weiß um deine Taten. Er kennt dein Herz."

Barabbas war überrascht. „Was weiß er über mich? Ich bin ein Verbrecher!"

„Er sieht nicht nur das, was du tust, sondern auch das, was du sein könntest. Du hast die Möglichkeit, dein Leben zu ändern, Barabbas. Die Menschen brauchen einen Führer, der für sie kämpft, aber nicht mit Gewalt."

„Und ich soll was tun? Mich ihm anschließen?"

„Ja! Du hast die Macht, die Massen zu mobilisieren. Du könntest die Rebellion anführen, aber auf eine Weise, die das Volk vereint, nicht spaltet."

Barabbas war hin- und hergerissen. Die Worte der Frau schwirrten in seinem Kopf, als plötzlich ein lauter Knall die Stille der Gasse durchbrach. Ein römischer Soldat war in die Gasse gestürzt, verfolgt von einem anderen Soldaten. Barabbas und Maria hatten keine Zeit zu reagieren, als der Soldat auf sie zukam.

„Was macht ihr hier?", brüllte er und zog sein Schwert.

In einem Reflex stieß Barabbas Maria zur Seite und stellte sich dem Soldaten entgegen. Doch bevor er handeln konnte, trat ein unerwarteter Verbündeter auf den Plan – ein älterer Mann mit einem langen Bart und einem breiten Hut, der dem Soldaten ins Gesicht spuckte.

„Du hast keine Macht hier!", rief der Mann und trat vor Barabbas, als wolle er ihn schützen. Der Soldat, überrascht von der plötzlichen Konfrontation, zögerte einen Moment.

In diesem Augenblick nutzte Barabbas die Gelegenheit, um zu fliehen. Er packte Maria am Arm und zog sie mit sich. „Komm, wir müssen hier weg!"

Sie rannten durch die Gassen Jerusalems, bis sie einen sicheren Ort gefunden hatten. Barabbas' Herz schlug wild, und er war sich nicht sicher, was ihn mehr erschreckte – die römischen Soldaten oder die Worte von Maria.

„Du musst dir über deine Zukunft klar werden", sagte sie pantomimisch, während sie sich an eine Wand lehnte und sich von der Aufregung erholte. „Die Wahl

14

liegt bei dir. Du kannst weiterhin in der Dunkelheit leben oder den Weg ins Licht finden."

Barabbas wusste, dass er sich entscheiden musste. Die Worte Jesu, die er gehört hatte, und die Begegnung mit Maria hatten ihn nachdenklich gemacht. War er bereit, für eine bessere Welt zu kämpfen, ohne Gewalt und Blutvergießen? Konnte er die Massen mobilisieren und für eine friedliche Revolution eintreten?

„Ich muss darüber nachdenken", murmelte er, während er in die Ferne starrte, wo der Tempel in der Abendsonne glänzte. „Ich muss wissen, was ich wirklich will."

Maria nickte verständnisvoll. „Die Wahl wird bald getroffen, Barabbas. Du bist nicht allein. Jesus wird dir den Weg zeigen."

In diesem Moment wusste Barabbas, dass die Ereignisse, die sich entfalten würden, nicht nur sein Schicksal, sondern auch das Schicksal Jerusalems und seines Volkes bestimmen würden. Die Entscheidung, die er treffen würde, könnte alles verändern – für ihn und für die Menschen um ihn herum.

Die Einsamkeit der Entscheidung

Barabbas hatte sich zurückgezogen und saß vor sich hinstarrend in einer Kaschemme, die von der trüben Abenddämmerung umhüllt war. Der Raum war schwach beleuchtet, und der Geruch von verschmortem Fleisch und billigen Weinen hing in der Luft. Die Wände waren mit alten, schäbigen Bildern von vergangenen Festen geschmückt, die die einstige Pracht der Stadt widerspiegelten. Doch für Barabbas war die Umgebung nur eine Kulisse für seine inneren Kämpfe. Barabbas starrte in sein Glas, das mit einem trüben Getränk gefüllt war, und ließ seine Gedanken schweifen. Die Worte von Maria hallten in seinem Kopf wider: „Die Wahl liegt bei dir." Er hatte immer für Freiheit und Gerechtigkeit gekämpft, aber das hatte ihn nur in die Dunkelheit geführt. Die Vorstellung, dass er sich für einen anderen Weg entscheiden könnte, machte ihn nervös.

„Warum kann ich nicht einfach so leben, wie es mir gefällt?", murmelte er leise zu sich selbst. „Die Welt ist hart. Jeder kämpft für sich selbst. Ich habe immer nur das genommen, was ich brauchte. Warum sollte ich das ändern?" Er schloss die Augen und versuchte, sich an den Tag in Nazareth zu erinnern, als er zum ersten Mal von Jesus gehört hatte. Die Worte des Predigers waren wie ein Lichtstrahl in seiner dunklen Welt gewesen. Jesus kehrte damals nach Nazareth, seiner Heimatstadt, zurück und ging am Sabbat in die Synagoge. Dort wurde ihm die Rolle des Lesers angeboten, und er nahm das Buch des Propheten Jesaja. Jesus las eine Passage, die eine Botschaft der Hoffnung und Befreiung verkündete: „Er spricht davon, dass der Geist des Herrn auf ihm ist, um die Armen zu beschenken, die Gefangenen zu befreien, den Blinden das Augenlicht zu schenken und die Unterdrückten zu befreien. Diese Lesung betont eine Zeit der Gnade und die Ankunft des Herrschaft Gottes." So waren seine Worte.

Nachdem er die Schriftstelle gelesen hatte, setzte sich Jesus und erklärte den Zuhörern, dass diese Prophezeiung in ihrer Gegenwart erfüllt sei. Damit machte er deutlich, dass er der Messias sei, der die verheißene Befreiung bringt. Die Menschen in der Synagoge waren zunächst beeindruckt, doch bald darauf reagieren sie mit Skepsis und Ablehnung, da sie sich an ihn als den Sohn des Zimmermanns erinnerten und nicht glauben konnten, dass er der verheißene Retter ist.

„Freiheit für die Gefangenen, Gerechtigkeit für die Unterdrückten", hatte Jesus gesagt. Die Menschen hatten gebannt zugehört, und Barabbas war tief beeindruckt gewesen.

„Das war der Moment, der alles hätte ändern können", dachte er. „Aber was habe ich daraus gemacht? Statt für Freiheit zu kämpfen, habe ich mich im Alltag verloren. Ich habe gestohlen, um zu überleben. Ich habe die falsche Seite gewählt, weil sie mir Macht gab. Aber was für eine Macht ist das? Eine, die mich nur weiter in den Abgrund zieht."

Er öffnete die Augen und beobachtete die Menschen um sich herum. Die Gesichter waren müde, gezeichnet von Sorgen und Kämpfen. „Sie kämpfen jeden Tag, genau wie ich. Warum sollte ich ihnen nicht helfen?", flüsterte er. „Aber wie kann ich das tun, wenn ich nicht einmal für mich selbst sorgen kann?"

„Geld ist das, was zählt, nicht die Ideale", redete er sich ein. „Ich muss überleben. Ich muss essen, trinken, wohnen. Wenn ich das nicht tue, bin ich verloren. Es ist nicht so einfach, wie Jesus es sagt. Die Welt ist grausam, und die Menschen sind egoistisch. Sie kümmern sich nicht um Gerechtigkeit, sie kümmern sich nur um sich selbst."

Doch während er sprach, spürte er, dass er in einen inneren Konflikt verwickelt war. „Aber was ist mit dem, was Jesus gesagt hat? Was ist mit der Freiheit, die er verspricht? Ist es nicht das, was ich mir immer gewünscht habe? Ein Leben ohne Angst, ohne das Gefühl, dass die Römer über mir stehen?"

Er nahm einen tiefen Atemzug und schüttelte den Kopf. „Ich bin kein Heilsbringer. Ich bin ein Verbrecher. Glaubt mir denn jemand, wenn ich sage, dass ich für Freiheit kämpfen will? Sie sehen nur das, was ich bin – nicht das, was ich sein könnte."

„Aber vielleicht … kann ich *beides* sein", überlegte er. „Vielleicht kann ich für mein Volk kämpfen und gleichzeitig meine Vergangenheit hinter mir lassen. Ich könnte Jesus unterstützen, ihm helfen, die Menschen zu erreichen. Und wenn ich das tue, könnte ich vielleicht auch für mich selbst einen neuen Weg finden."

Barabbas fühlte, wie sich eine leise Hoffnung in ihm regte. „Könnte es wirklich so einfach sein? Könnte ich meine Wege ändern und dennoch überleben? Vielleicht ist es an der Zeit, die Dunkelheit hinter mir zu lassen und mich dem Licht zuzuwenden."

Er nahm einen weiteren Schluck aus seinem Glas und lächelte schwach. „Die Wahl liegt bei mir", murmelte er. „Ich kann mich entscheiden, nicht nur für mich, sondern für alle, die in dieser Welt der Irrwege leben. Vielleicht ist das der Weg, den ich schon immer gesucht habe. Vielleicht ist es an der Zeit, dass ich für die Freiheit kämpfe – auf eine neue Art und Weise."

Mit einem neuen Entschluss in seinem Herzen wusste Barabbas, dass er den ersten Schritt in eine andere Richtung machen musste. Die Worte von Jesus hatten ihn nicht nur berührt, sie hatten in ihm einen Funken der Hoffnung entfacht, der ihn dazu bringen konnte, seine Geschichte neu zu schreiben.

Die Tür der Kaschemme öffnete sich, und ein kalter Wind wehte herein. Ruben trat ein, seine Kleidung war staubig und zerknittert, als hätte er den ganzen Tag in den Straßen verbracht. Er hatte Barabbas seit dem Überfall nicht mehr gesehen und war offensichtlich besorgt.

„Barabbas! Ich habe dich gesucht", sagte Ruben und setzte sich ihm gegenüber. „Was ist los mit dir? Du siehst aus, als hättest du den letzten Kampf verloren."

Barabbas seufzte und hob den Blick. „Ich habe nachgedacht, Ruben. Über alles, was wir tun und was wir werden könnten. Ich weiß nicht, ob ich der Mann bin, den die Leute brauchen."

Ruben schüttelte den Kopf. „Du bist der einzige, der die Massen mobilisieren kann. Du hast das Charisma, die Menschen zu erreichen. Aber du musst dich entscheiden, was du willst. Willst du weiterhin im Verborgenen agieren oder die Führung übernehmen?"

„Und was ist mit diesem Jesus?", fragte Barabbas. „Er hat die Menschen mit seiner Botschaft des Friedens erreicht. Was kann ich ihm entgegensetzen? Ich bin ein Verbrecher, kein Heilsbringer."

„Aber vielleicht kann er dir helfen, Barabbas!", entgegnete Ruben leidenschaftlich. „Vielleicht ist das der Weg, den du suchst. Du könntest ihm folgen, ihn unterstützen, und dann, wenn die Zeit reif ist, könntest du die Menschen dazu bringen, für eine bessere Zukunft zu kämpfen – ohne Gewalt."

Barabbas lehnte sich zurück und schloss die Augen. Die Bilder von Jesus, der in die Stadt einzog, von der Menge, die ihn feierte, kamen ihm in den Sinn. Er hatte eine Vision, die weit über seine eigenen Ambitionen hinausging. Es war eine Vision von Hoffnung, von Einheit und von einem Leben in Freiheit.

„Ich könnte es versuchen", murmelte er schließlich. „Vielleicht ist es an der Zeit, den Kurs zu wechseln. Vielleicht kann ich meine Vergangenheit hinter mir lassen und für etwas Größeres kämpfen."

Ruben lächelte, doch seine Augen waren ernst. „Du musst stark sein, Barabbas. Die Römer werden nicht tatenlos zusehen, und die jüdischen Führer werden alles tun, um dich zu stoppen."

Barabbas nickte und nahm einen tiefen Schluck aus seinem Glas. Der bittere Wein brannte in seiner Kehle, doch er war entschlossen. „Ich werde mit diesem Jesus sprechen. Ich muss herausfinden, ob er *der* ist, für den die Menschen ihn halten. Wenn ja, dann werde ich ihm helfen. Aber ich werde auch nicht zulassen, dass meine Vergangenheit mich zurückhält."

Der Weg zur Erkenntnis

In den nächsten Tagen hielt Barabbas sich in der Nähe von Jesus auf, beobachtete ihn und seine Anhänger aus der Ferne. Er sah, wie Jesus predigte, die Kranken heilte und den Bedürftigen half. Es war eine Lehre der Liebe und des Mitgefühls, die einen tiefen Eindruck auf ihn machte. Doch gleichzeitig spürte Barabbas die Kluft zwischen ihnen – eine Kluft, die durch seine eigene Geschichte und seine Taten entstanden war.

Eines Abends, als die Dämmerung über die Stadt fiel, fand Barabbas den Mut, sich Jesus zu nähern. Der Prediger saß mit seinen Jüngern am Rand der Stadt, umgeben von Menschen, die auf seine Worte warteten.

„Jesus!" rief Barabbas, als er die Menge durchbrach. Die Menschen wandten sich um, überrascht von dem Mann, dessen Ruf in der Stadt gefürchtet war.

Jesus sah ihn mit ruhigem Blick an. „Barabbas, was führt dich zu mir?"

Die Worte blieben ihm zunächst im Hals stecken. Er fühlte sich wie ein Eindringling in dieser heiligen Versammlung. „Ich… ich möchte wissen, ob du mir helfen kannst. Ich will für mein Volk kämpfen, aber ich weiß nicht, wie."

Die Jünger schauten skeptisch, doch Jesus lächelte sanft. „Der Kampf, den du suchst, beginnt in deinem Herzen. Du musst zuerst für dich selbst kämpfen, bevor du für andere kämpfen kannst. Was du tust, muss aus der Liebe und nicht aus der Wut kommen."

Barabbas spürte, wie ein Knoten in seiner Brust sich zu lösen begann. „Ich habe Angst, dass ich nicht gut genug bin. Dass meine Vergangenheit mich einholen wird."

„Jeder Mensch hat eine Vergangenheit", sagte Jesus. „Doch es ist nicht die Vergangenheit, die uns definiert, sondern die Entscheidungen, die wir im Hier und Jetzt treffen. Du kannst deine Geschichte neu schreiben, Barabbas. Du bist nicht allein."

In dem Moment kamen Jünger und lenkten Jesus ab. Barabbas ging … „Nicht allein!" Seine Erfahrung war eine andere. Er ging in die Kaschemme, mit der er sich immer mit seinen Bandenmitgliedern traf.

Barabbas trat in die Kaschemme ein, die von dem vertrauten Geruch nach altem Holz und verschüttetem Wein erfüllt war. Die Atmosphäre war lebhaft, und das Gelächter seiner Bandenmitglieder hallte durch den Raum. Er fühlte sich für einen Moment wie ein Fremder in seiner eigenen Welt, als er die Gesichter seiner Gefährten sah – Männer, die er in den dunkelsten Stunden seines Lebens kennengelernt hatte.

„Barabbas! Endlich bist du hier!", rief Ruben und winkte ihm zu. „Du hast etwas verpasst! Der Einzug war ein Spektakel!"

„Wir haben die Reichen bestohlen, während sie Jesus zujubelten!", fügte ein anderer aus der Gruppe hinzu, seine Augen blitzten vor Aufregung. „Sie waren so beschäftigt, dass sie uns nicht einmal bemerkten!"

Barabbas setzte sich zu ihnen und hörte gebannt zu. Sie erzählten von den Menschenmengen, die sich versammelt hatten, um Jesus zu sehen, und von dem Chaos, das ausbrach, als Jesus zum Tempel ging und die Händler im Tempel vertrieben wurden. „Es war ein wahres Schauspiel!", rief einer. „Jesus hat die Händler mit solcher Wut herausgeworfen – und wir haben die Gelegenheit genutzt!"

„Ich habe eine ganze Tasche voll Goldmünzen erbeutet!", prahlte ein anderer, während er eine kleine, glänzende Münze in der Luft drehte. „Die Römer werden uns fürchten, wenn wir so weitermachen!"

Barabbas hörte ihre Geschichten, und während die Freude um ihn herum blühte, spürte er eine innere Unruhe. „Hört zu, Männer", begann er, seine Stimme war ernst. „Was wir tun, ist gefährlich. Die Römer werden nicht tatenlos zusehen, während wir ihren Reichtum stehlen. Jesus hat die Menschen mit seiner

Botschaft erreicht. Vielleicht sollten wir uns ihm anschließen, anstatt uns nur auf Raubzüge zu konzentrieren."

Die Gruppe verstummte, und die Blicke der Männer wanderten von Barabbas zu Ruben. Letzterer schüttelte den Kopf. „Du redest von Veränderungen, Barabbas. Aber du weißt, wie die Welt ist. Es gibt keinen Platz für Schwäche. Die Menschen brauchen einen starken Führer, der für sie kämpft. Und das bedeutet, dass wir uns nicht zurückhalten können!"

„Aber was, wenn wir die Menschen mobilisieren könnten, ohne Gewalt?", entgegnete Barabbas. „Was, wenn wir für eine bessere Zukunft kämpfen könnten?"

„Und was ist mit den Römern?", fragte ein anderer. „Sie werden uns verfolgen, egal was wir tun. Wir müssen stark sein!"

Barabbas spürte, wie der Druck in der Kaschemme stieg. „Ich habe mit Jesus gesprochen. Er hat mir gesagt, dass wir unsere Vergangenheit hinter uns lassen können, dass wir für etwas Größeres kämpfen können!"

„Und wie willst du das anstellen?", fragte Ruben herausfordernd. „Mit Worten? Glaubst du, dass die Menschen sich für einen Verbrecher wie dich interessieren werden?"

Barabbas' Herz raste. „Ich kann es versuchen. Ich kann für die Menschen sprechen, die unterdrückt werden. Ich kann ihnen Hoffnung geben."

Die Männer schauten sich an, und Barabbas konnte die Skepsis in ihren Augen sehen. „Wir brauchen mehr als Hoffnung, Barabbas. Wir brauchen Gold, Waffen, Macht!", rief einer der Männer. „Sonst sind wir nichts!"

Barabbas fühlte sich wie in einem Sturm gefangen. „Es gibt einen Weg, der nicht nur auf Gewalt basiert", sagte er. „Jesus hat uns gezeigt, dass es einen anderen Weg gibt. Wir könnten die Menschen inspirieren, sich zu erheben, ohne Blut zu vergießen."

Die Diskussion wurde hitziger, und Barabbas spürte, dass er die Kontrolle über das Gespräch verlor. Er wusste, dass er einen entscheidenden Schritt tun musste, um seine Bande zu überzeugen. „Ich werde zu Jesus gehen und ihn um Hilfe bitten. Wenn er mir helfen kann, dann wird er auch euch helfen!"

„Du bist verrückt, Barabbas!", rief Ruben. „Wenn du das tust, wirst du dich selbst in Gefahr bringen. Du bist einer von uns!"
„Ich weiß, was ich bin", erwiderte Barabbas. „Aber ich will mehr sein. Ich will für die Freiheit kämpfen, nicht für den Raub!"

Der Weg zur Entscheidung

Barabbas verließ die Kaschemme mit einem Gefühl der Entschlossenheit, aber auch der Angst. Er wusste, dass er einen gefährlichen Weg einschlug. Die Nacht war kühl, und der Mond erhellte die Straßen Jerusalems, während er sich auf den Weg zu Jesus machte.

Er konnte die Stimmen seiner Bandenmitglieder hinter sich hören, die sich über ihn lustig machten und ihn als Träumer bezeichneten. Doch tief in seinem Inneren wusste Barabbas, dass er die richtige Entscheidung traf. Er musste sich von der Dunkelheit seiner Vergangenheit lösen und einen neuen Weg finden, der nicht nur ihm, sondern auch seinem Volk helfen würde.

Als er zur Wohnstätte Jesu gelangte, sah er die Lichter durch die Fenster schimmern. Menschen waren versammelt, um zu hören, was der Prediger zu sagen hatte. Barabbas zögerte einen Moment, dann trat er entschlossen zur Tür und klopfte.

Die Tür öffnete sich, und ein Jünger trat heraus. „Was willst du, Barabbas?", fragte er misstrauisch.
„Ich möchte mit Jesus sprechen", antwortete Barabbas, seine Stimme war fest.
Der Jünger sah ihn an, als würde er ihn prüfen, dann nickte er und ließ ihn hinein. Barabbas trat in den Raum, und die Atmosphäre war augenblicklich von einer tiefen Erwartung erfüllt. Jesus saß im Mittelpunkt, umgeben von seinen Jüngern und einer kleinen Gruppe von Anhängern.

„Barabbas!", rief Jesus, als er ihn sah. „Was führt dich zu mir?"
Barabbas trat vor und spürte das Gewicht der Blicke auf sich. „Ich habe mit meiner Bande gesprochen", begann er, „und ich weiß, dass wir auf dem falschen Weg sind. Wir sind in der Finsternis gefangen, und

ich möchte einen anderen Weg finden – einen Weg der Hoffnung und des Friedens."

Die Anwesenden schauten überrascht auf, und Jesus lächelte sanft. „Es ist nie zu spät, den richtigen Weg zu wählen", sagte er. „Was du suchst, ist in dir. Du musst bereit sein, die Dunkelheit hinter dir zu lassen und die Menschen mit deiner Stimme zu erreichen."

Barabbas fühlte sich von den Worten Jesu ermutigt. „Ich möchte für die Freiheit meines Volkes kämpfen, aber ich weiß nicht, wie ich das tun kann, ohne Gewalt."

„Der Frieden ist ein schwerer Kampf", antwortete Jesus. „Aber du bist nicht allein. Du kannst die Menschen inspirieren, Barabbas. Du kannst ihnen zeigen, dass es einen Weg gibt, der nicht auf Blutvergießen basiert."

Barabbas' Herz schlug schneller. „Ich will es versuchen", sagte er entschlossen. „Ich will für die Freiheit kämpfen, aber auf eine Weise, die das Leben der Menschen respektiert."

Die Menge murmelte, und einige der Jünger schienen skeptisch und wurden unwillig.

Barabbas wartete die Diskussion nicht ab und ging.

Barabbas saß nun wieder allein in einer dunklen Ecke der Kaschemme, umgeben von den Erinnerungen seiner Vergangenheit. Der Raum war still, und das schwache Licht der Öllampe warf flackernde

Schatten an die Wände. Er hatte sich von der feiern-
den Menge zurückgezogen, um einen Moment der
Besinnung zu finden. Doch die Gedanken in seinem
Kopf wirbelten wie ein Sturm.

„Was mache ich hier?", flüsterte er zu sich selbst. „Ich
bin ein Verbrecher, ein Mann der Dunkelheit. Und
jetzt will ich für die Freiheit kämpfen?"

Er schloss die Augen und erinnerte sich an die
beiden Male, als er mit Jesus gesprochen hatte. Die
Worte des Predigers hatten ihn berührt, aber sie
hatten auch Fragen aufgeworfen, die er nicht ignorieren konnte. „Jesus spricht von Liebe und Frieden,
von der Befreiung der Gefangenen und der Heilung
der Blinden. Kann ich wirklich Teil davon sein?"

Ein innerer Widerstand regte sich in ihm. „Aber was
ist mit der Realität? Die Römer werden uns nicht
einfach so gewähren lassen. Sie sind grausam und
unbarmherzig. Ich habe das Blut meiner Feinde an
meinen Händen. Wie kann ich für Freiheit kämpfen,
wenn ich selbst ein Mörder bin?"

Barabbas öffnete die Augen und starrte in die Dunkelheit. „Die Menschen brauchen einen Führer, der
für sie kämpft, und ich habe immer für die Freiheit
gekämpft. Doch in letzter Zeit habe ich das Gefühl,
dass ich nicht mehr für die richtige Sache kämpfe. Ich
bin in die Dunkelheit abgerutscht, und mein Name ist
mit Angst und Schrecken verbunden."

Er atmete tief ein und ließ den Kopf sinken. „Ich könnte die Menschen mobilisieren, sie hinter mir versammeln. Aber wie kann ich das tun, wenn ich nicht einmal an meine eigenen Ideale glaube? Wenn ich nicht in der Lage bin, die Gewalt hinter mir zu lassen?"

Die Stimme in seinem Kopf wurde lauter. „Du bist nicht wie Jesus. Du bist kein Heilsbringer. Du bist ein Kämpfer, und Kämpfer setzen Gewalt ein, um ihre Ziele zu erreichen. Du hast immer so gelebt, und das hat dich stark gemacht. Warum solltest du jetzt ändern, was dich erfolgreich gemacht hat?"

„Aber was ist der Preis für diesen Erfolg?", erwiderte Barabbas. „Habe ich nicht genug Blut vergossen? Habe ich nicht genug Leben zerstört? Ich habe die Menschen nicht befreit, sondern sie in die Dunkelheit gezogen. Wenn ich wirklich für die Freiheit kämpfen will, muss ich einen anderen Weg finden."

Er spürte, wie die Verwirrung in ihm wuchs. „Jesus spricht von Hoffnung, von einer besseren Zukunft. Vielleicht kann ich das erreichen. Vielleicht kann ich die Menschen inspirieren, für ihr eigenes Schicksal zu kämpfen, ohne Gewalt. Aber kann ich das wirklich tun?"

Ein tiefes Seufzen entfloh seinen Lippen. „Ich bin ein gefallener Held, und ich weiß nicht, ob ich je wieder aufstehen kann. Aber was ist, wenn ich es versuche? Was ist, wenn ich nicht für mich selbst, sondern für die Menschen kämpfe?"

Die Gedanken rasten durch seinen Kopf. „Ich könnte die Dunkelheit hinter mir lassen. Ich könnte für die Freiheit kämpfen und gleichzeitig die Menschen respektieren. Aber was ist mit meiner Vergangenheit? Die Römer werden mich niemals als einen von ihnen akzeptieren. Sie werden mich immer als den Verbrecher sehen, der ich bin."

Barabbas stand auf und begann im Raum auf und ab zu gehen. „Aber vielleicht ist das die Herausforderung. Vielleicht kann ich die Menschen dazu bringen, mich nicht für meine Taten zu verurteilen, sondern für das, was ich werden möchte. Ich muss meine Vergangenheit hinter mir lassen, um die Zukunft zu gestalten."

„Kann ich mich selbst besiegen? Kann ich den Mut aufbringen, diesen neuen Weg zu gehen?" fragte er sich. „Die Entscheidung liegt bei mir. Ich kann mich entscheiden, nicht nur für mich selbst, sondern für alle, die unterdrückt werden. Ich kann die Fackel der Hoffnung tragen und die Dunkelheit vertreiben."

Er hielt inne und sah in den Spiegel, der an der Wand hing. „Ich bin Barabbas, und ich kann mehr sein als das, was ich war. Ich kann für die Freiheit kämpfen, ohne das Blut meiner Feinde zu vergießen. Ich kann die Dunkelheit besiegen und die Menschen inspirieren, an sich selbst zu glauben."

Die Suche nach Identität und Sinn

Barabbas stellte sich noch einmal vor den Spiegel, sein eigenes Spiegelbild anstarrend, als ob er einen

Fremden vor sich sah. Die Züge seines Gesichts waren von der Zeit und den Kämpfen gezeichnet – von der Angst, dem Zorn und der Verzweiflung. Er hatte sich immer als Kämpfer gesehen, als einen Mann, der für seine Freiheit und die seines Volkes einstand. Doch jetzt, in diesem Moment der Stille, stellte er sich die Frage, die ihn schon lange quälte: „Wer bin ich wirklich?"

„Bin ich der Verbrecher, der in der Dunkelheit lebt?", murmelte er leise. „Oder kann ich mehr sein, als das, was die Menschen in mir sehen? Ist meine Vergangenheit mein Schicksal, oder habe ich die Macht, mich neu zu definieren?"

Er schloss die Augen und ließ die Bilder seiner Kindheit vor seinem inneren Auge vorbeiziehen. Ein Junge, der in den Straßen Jerusalems spielte, voller Träume und Hoffnungen. „Ich wollte immer stark sein, für meine Familie und meine Freunde kämpfen. Doch was habe ich erreicht? Ich habe nur Angst und Schrecken verbreitet. Ich habe die Menschen enttäuscht."

Ein tiefes Seufzen entglitt seinen Lippen. „Was bedeutet es, stark zu sein? Ist es die Fähigkeit, andere zu besiegen, oder ist es die Kraft, die Dunkelheit in mir zu überwinden? Ich habe immer gedacht, Stärke sei gleichbedeutend mit Macht, mit Gewalt. Aber vielleicht habe ich die wahre Bedeutung von Stärke nie verstanden."

Er blickte wieder in den Spiegel, als würde er nach einer Antwort suchen. „Was ist mit dem Mann, der ich sein möchte? Ich habe die Möglichkeit, für die Freiheit zu kämpfen, aber auf eine andere Art. Ich kann die Menschen inspirieren, sie ermutigen, an sich selbst zu glauben. Doch wie kann ich das tun, wenn ich nicht einmal an mich selbst glaube?"

„Ich habe so lange in der Dunkelheit gelebt, dass ich vergessen habe, was Licht bedeutet. Ich habe die Hoffnung verloren, dass ich jemals etwas Anderes sein könnte. Doch jetzt, wo ich Jesus begegnet bin, spüre ich einen Funken in mir. Es ist der Wunsch, nicht nur für mich selbst, sondern für die Menschen um mich herum zu kämpfen. Aber kann ich das wirklich erreichen?"

Barabbas schüttelte den Kopf und rieb sich die Schläfen. „Die Suche nach Identität ist ein gefährlicher Weg. Ich könnte scheitern, könnte wieder in die Dunkelheit zurückfallen. Aber was ist das Leben ohne Risiko? Was ist der Sinn, wenn ich nicht versuche, etwas zu verändern?"

Er atmete tief ein und spürte, wie die Luft ihn erfrischte. „Ich muss die Ketten meiner Vergangenheit sprengen. Ich muss lernen, dass ich nicht definiert werde von dem, was ich getan habe, sondern von dem, was ich bereit bin zu tun. Ich kann ein Symbol der Hoffnung werden, wenn ich es nur wagen würde, den ersten Schritt zu gehen."

„Aber was ist der Sinn meines Lebens?", fragte er sich weiter. „Ist es nur der Kampf um Freiheit? Oder gibt es etwas Größeres? Vielleicht geht es darum, die

Menschen zu ermutigen, ihre eigene Stärke zu finden. Vielleicht ist es an der Zeit, dass ich nicht nur für Freiheit kämpfe, sondern auch für Gerechtigkeit und Frieden."

Er stellte sich vor, wie es wäre, in der Mitte einer Menschenmenge zu stehen, die ihn anstarrte, nicht mit Angst, sondern mit Hoffnung. „Ich könnte ihnen sagen, dass Veränderung möglich ist. Dass sie nicht in der Dunkelheit gefangen bleiben müssen. Ich könnte ihnen die Botschaft von Jesus bringen, die Botschaft der Liebe und der Hoffnung."

Barabbas schluckte schwer. „Aber was, wenn ich scheitere? Was, wenn ich nicht die Kraft habe, die Menschen zu führen?"

„Aber was, wenn du es schaffst?", flüsterte eine innere Stimme. „Was, wenn du die Menschen dazu bringst, an sich selbst zu glauben? Du bist nicht allein. Du hast die Fähigkeit, zu führen, und du hast die Wahl, deine Identität zu formen."

Er öffnete die Augen und sah sich im Spiegel an. „Ich bin Barabbas. Ich bin ein Kämpfer. Aber ich bin auch ein Mensch, der nach Sinn und Identität sucht. Ich kann die Dunkelheit hinter mir lassen und die Menschen in die Freiheit führen. Ich kann für die Freiheit kämpfen, aber auf eine Weise, die das Leben respektiert."

Doch der Alltag holte ihn schnell ein.

Der Überfall

Die Sonne stand hoch am Himmel und warf grelle Strahlen auf die staubigen Straßen Jerusalems. Der Lärm der geschäftigen Stadt mischte sich mit dem Klirren von Metall und dem Geschrei der Händler, die ihre Waren anpriesen. In einer schattigen Gasse, verborgen vor den neugierigen Blicken der Passanten, versammelte sich eine Gruppe von Männern, die angespannt und entschlossen wirkten. Barabbas, ein Mann mit scharfen Zügen und einem Blick, der sowohl Entschlossenheit als auch Verzweiflung ausstrahlte, herrschte seine Leute an: „Heute ist der Tag", während er seine Kameraden ansah. „Der römische Geldtransport wird gleich hier vorbeikommen. Wir müssen schnell und präzise zuschlagen. Für unser Volk und für die Freiheit!"

Seine Worte hallten in den Herzen seiner Gefolgsleute wider. Sie waren bereit, ihr Leben für die Sache zu riskieren, und das Feuer der Rebellion brannte in ihren Augen. Barabbas hatte sie überzeugt, dass dieser Überfall der Schlüssel zu ihrer Unabhängigkeit sein könnte.

Als das Geräusch der Hufe von Pferden näherkam, drängten sich die Männer in die dunklen Ecken der Gasse. Barabbas gab ein Zeichen, und sie positionierten sich strategisch. Der Geldtransport, bewacht von römischen Soldaten in ihren glänzenden Rüstungen, näherte sich langsam. Die Karren, beladen mit Gold und Silber, knarrten unter dem Gewicht des Reichtums, den sie durch die Stadt brachten.

„Jetzt!", rief Barabbas, und die Männer stürmten aus ihrem Versteck. Sie griffen an, mit gezogenen Dolchen und einem kräftigen Schrei, der durch die Straßen hallte. Die Soldaten waren überrascht und reagierten nicht schnell genug. Barabbas sprang auf die ersten Wachen los, während seine Gefolgsleute die anderen Soldaten überwältigten.

Chaos brach aus. Der Klang von Metall auf Metall, das Geschrei der Soldaten und das Gepolter der Karren erfüllten die Luft. Barabbas kämpfte mit aller Kraft, sein Herz schlug wild vor Aufregung und Angst. Er konnte das glänzende Gold im Inneren der Karren fast schon fühlen, die Freiheit, die er und seine Männer ersehnt hatten.

Doch die Übermacht der römischen Soldaten war nicht zu unterschätzen. Während sie mit aller Kraft zurückschlugen, wurde Barabbas plötzlich von einem Soldaten gepackt und zu Boden geworfen. Der Schmerz durchzuckte seinen Körper, und für einen Moment schien die Welt um ihn herum zu verschwimmen.

„Halt!", brüllte der römische Offizier, der die Situation schnell erkannte und seine Männer um sich versammelte. „Sichert den Bereich!"

Die restlichen Mitglieder von Barabbas' Bande erkannten, dass der Überfall scheiterte. Sie waren in der Unterzahl und von der Wucht der römischen Ge-

genwehr überwältigt. Einer nach dem anderen wurden sie gefasst, und der Traum von Freiheit schien in weite Ferne zu rücken.

Barabbas kämpfte weiter, doch die Übermacht war zu groß. Schließlich wurde er gefesselt und auf die Knie gezwungen, während die römischen Soldaten um ihn herumstanden, die Karren sicherten und die Beute schützend bewachten.

„Das war's", murmelte einer seiner Freunde, der ebenfalls gefangen genommen wurde, während er Barabbas einen letzten verzweifelten Blick zuwarf. Der Überfall war gescheitert, und mit ihm schien auch die Hoffnung auf eine bessere Zukunft verloren zu gehen.

In der drückenden Hitze von Jerusalem, zwischen Staub und Schweiß, begann Barabbas zu begreifen, dass die Freiheit, für die er gekämpft hatte, vielleicht doch nicht so leicht zu erreichen war.

Die Sonne neigte sich dem Horizont entgegen und tauchte die Stadt Jerusalem in ein warmes, goldenes Licht. Doch die friedliche Szenerie wurde von einem aufkommenden Sturm der Unruhe überschattet. Die Straßen waren erfüllt von den Stimmen der Händler und den Gebeten der Gläubigen, doch in den Herzen vieler Menschen brannte ein unstillbarer Durst nach Freiheit. Die römische Besatzung hatte die Geduld der Bevölkerung auf die Probe gestellt, und der Ruf nach einem Messias, einem Befreier, wurde immer lauter.

Als die römischen Soldaten dachten, die Gefahr sei vorüber, und sich in einer Gasse nach dem Überfall auf den Geldtransport zurückzogen, geschah das Unerwartete. Aus den Schatten der nahegelegenen Häuser tauchte eine Gruppe von Palästinensern auf, ihre Gesichter von Entschlossenheit und religiösem Eifer geprägt. Sie waren bereit, für ihre Überzeugungen zu kämpfen, und ihre Herzen schlugen im Einklang mit dem Wunsch nach Befreiung.

„Jetzt!", rief einer der Anführer, ein Mann mit einem langen Bart und durchdringenden Augen, und die Gruppe stürmte mit einem lauten Schrei auf die römischen Soldaten  los. Die Überraschung war auf der Seite der Angreifer. Die Soldaten, noch immer mit den Nachwirkungen des Überfalls beschäftigt, konnten sich nicht schnell genug formieren, um zu reagieren.

Die Palästinenser kämpften mit einer wilden Entschlossenheit, die aus ihrer tiefen religiösen Überzeugung und dem Verlangen nach Freiheit gespeist wurde. Mit Dolchen und Stöcken gingen sie auf die römischen Soldaten los, die, überrumpelt und unvorbereitet, in die Defensive gedrängt wurden. Der Lärm des Kampfes hallte durch die engen Gassen, während die Männer der Revolte die Überhand gewannen.

Inmitten des Chaos bemerkte Barabbas, der gefangen in den Fängen der Soldaten war, die plötzliche

Wende. „Wir müssen fliehen!", rief er seinen Ge-fährten zu, die ebenfalls gefesselt waren. Doch die Rebellion um ihn herum war überwältigend und wild. Die Soldaten, die zuvor siegessicher waren, gerieten in Panik und begannen, sich zurückzuziehen.

Die angreifenden Palästinenser teilten sich schnell in drei Gruppen. Eine Gruppe folgte den fliehenden Sol-daten, um sicherzustellen, dass sie nicht entkamen und die Nachricht von dem Überfall weitertrugen. Eine zweite Gruppe wandte sich den transportierten Werten zu, die nun unbewacht waren. Sie begannen, die Karren zu durchsuchen, und das Glitzern von Gold und Silber warf ein verlockendes Licht auf ihre Gesichter. Sie packten alles auf Esel um, die aus einer Nebengasse kamen und trieben sie schnell fort – mehr als 20 Esel. Sie waren offenbar gut vor-bereitet.

Die dritte Gruppe, angeführt von dem bärtigen Anfüh-rer, wandte sich den gefangenen Männern zu. „Wir müssen sie retten!", rief er und deutete auf Barabbas und die anderen Gefangenen. „Sie sind unsere Brü-der im Glauben!"

In einem waghalsigen Manöver befreiten sie Barab-bas und seine Gefährten von ihren Fesseln. Barab-bas spürte, wie die Freiheit in ihm aufloderte. „Wir müssen uns sammeln und zurückschlagen!", rief er, während er sich den anderen anschloss. Doch der Anführer der Palästinenser schüttelte den Kopf.

„Zuerst müssen wir in Sicherheit sein. Wir bringen sie in die Synagoge. Dort sind wir geschützt und können einen Plan schmieden."

Die Gruppe machte sich auf den Weg zu einer Synagoge am Rande Jerusalems. Die Straßen waren noch immer von Aufregung und Lärm erfüllt, doch die neue Hoffnung auf Freiheit schien die Luft zu verdichten. Barabbas fühlte den Puls der Revolution in seinen Adern. Es war ein Wendepunkt, und er war entschlossen, nicht nur für sich selbst, sondern für das ganze Volk zu kämpfen.

Als sie die Synagoge erreichten, schlossen sie die Türen hinter sich und atmeten erleichtert auf. In dem Moment, als sie sich in dem heiligen Raum versammelten, war die Atmosphäre von einem unbeschreiblichen Gefühl der Einheit und Entschlossenheit geschwängert. Pläne wurden geschmiedet, und die Botschaft des Aufstands verbreitete sich wie ein Lauffeuer.

Barabbas stand in der Mitte der versammelten Männer, seine Augen brannten vor Leidenschaft. „Lasst uns für unser Volk kämpfen! Lasst uns den Glauben an einen Messias neu entfachen! Gemeinsam können wir die Ketten der Unterdrückung sprengen!"

Die Männer um ihn herum nickten zustimmend.

„Gut gebrüllt, Löwe", sagte der bärtige Anführer der Gruppe. „Ich erkenne, du bist keiner wie wir. Du bist Barabbas, der Kriminelle."

Barabbas sah ihn an. „Ich habe dich auch schon einmal gesehen, du bist einer der Jünger von Jesus."

„Simon, der Zelot", stellte sich der Bärtige vor. „Dir ist der Glaube egal. Du bist einfach nur ein Dieb."

Barabbas trat einen Schritt vor, seine Stimme war voller Überzeugung. „Simon, du verstehst nicht. Die Römer sind nicht nur Soldaten; sie sind ein ganzes System. Wenn wir uns nur auf die Zeloten konzentrieren, werden wir die Unterstützung der anderen verlieren. Wir müssen alle Juden einbeziehen – die Frommen, die Zöllner, die Händler. Jeder ist wichtig in diesem Kampf!"

Simon schüttelte den Kopf, seine Augen brannten vor Leidenschaft. „Und was soll das bringen, Barabbas? Eine Allianz aus Feiglingen und Verrätern? Glaube nicht, dass ich diese Männer als gleichwertige Verbündete akzeptieren kann! Ein wahrer Gegner der Römer ist jemand, der den Mut hat, für Gott zu kämpfen, nicht nur für sich selbst. Wir müssen mit dem Glauben an unsere Seite stehen!"

„Glauben allein wird uns nicht befreien!", erwiderte Barabbas scharf. „Die Römer haben Legionen, gut ausgebildete Soldaten. Sie werden uns nicht mit Gebeten und Hoffnungen besiegen. Wir brauchen Männer, die bereit sind zu kämpfen, und die gibt es überall – unter den Juden, egal wie sie sich nennen!"

„Du redest wie ein Feigling", entgegnete Simon. „Kannst du nicht erkennen, dass ohne den Glauben an Gott jeder Kampf vergeblich ist? Die Zeloten haben den Mut, die Wahrheit zu leben und für das

Reich Gottes zu kämpfen. Nur so können wir die Römer besiegen!"

„Und was ist mit denen, die nicht an deinen Gott glauben?", fragte Barabbas, seine Stimme wurde lauter. „Die Römer sind so übermächtig, dass wir uns niemanden leisten können, der nicht bereit ist, sich uns anzuschließen! Du redest von Glauben, aber ich sehe hier Männer, die bereit sind zu kämpfen!"

„Kämpfen? Kämpfen für was?", rief Simon. „Für einen Dieb? Du magst stark sein, Barabbas, aber ohne den göttlichen Beistand wird dein Schwert nicht viel wert sein. Glaubst du, dass du die Römer mit bloßer Gewalt besiegen kannst?"

„Ich bin kein Dieb!", entgegnete Barabbas, der zornig wurde. „Ich habe für meine Freiheit gekämpft! Und ich werde nicht zulassen, dass du meine Männer als Feiglinge beschimpfst. Sie sind bereit, alles zu geben, und das zählt mehr als deine hehren Worte!"

„Worte sind das Fundament unseres Glaubens!", rief Simon und trat vor. „Ohne Glauben sind wir nichts, Barabbas. Du magst die Stärke des Schwertes schätzen, aber ich sage dir: Der wahre Kampf wird im Herzen geführt!"

„Und ich sage dir, dass wir die Herzen der Menschen mit unseren Taten erreichen müssen!", konterte Barabbas. „Wenn wir die anderen Juden nicht einbeziehen, werden wir als Einzelne fallen – und die Römer werden uns auslöschen!"

Barabbas und Simon standen sich gegenüber, die Anspannung zwischen ihnen spürbar. Die Versammlung der Männer um sie herum war still geworden, gespannt auf das, was als Nächstes geschehen würde.

Simon zischte: „Du bist ein Dieb und wirst immer einer bleiben."

„Du sprichst von Glauben und von der Notwendigkeit, die Herzen der Menschen zu erreichen", begann Barabbas, „aber was ist mit den *Taten*? Was ist mit dem, was wir tun müssen, um unser Volk zu befreien? Glaubst du, die Römer werden uns einfach ziehen lassen, wenn wir ihnen von unserem Glauben erzählen?"

Simon schüttelte den Kopf und sah Barabbas fest in die Augen. „Das Problem ist nicht, *was* du tust, sondern *warum* du es tust. Der Kampf ist nicht nur gegen die Römer gerichtet, sondern auch gegen die Dunkelheit in unseren eigenen Herzen. Wenn wir uns nur von Wut und Verzweiflung leiten lassen, werden wir selbst zu dem, was wir bekämpfen. Die Dualität von Gut und Böse ist in uns allen. Du musst erkennen, dass unser Kampf nicht nur physisch, sondern auch spirituell ist."

„Spirituell?", wiederholte Barabbas höhnisch, seine Stimme war voller Skepsis. „Was nützt es, *gut* zu sein, wenn das Böse uns mit Gewalt überrollt? Die Römer sehen uns als nichts weiter als Aufständische, die man niederschlagen muss. Wenn wir nicht bereit sind, dieses Böse mit gleicher Münze zu vergelten, werden wir niemals gewinnen. Es gibt kein Gut und Böse, nur das Überleben!"

„Aber genau hier liegt das Problem", erwiderte Simon eindringlich. „Wenn du das Böse mit Bösem bekämpfst, wirst du nur einen Kreislauf des Hasses und der Gewalt schaffen. Wir müssen den Mut haben, das Gute zu wählen, auch wenn es schwer ist. Nur so können wir die Herzen der Menschen verändern und sie von der Unterdrückung befreien. Die Dualität ist nicht nur ein Kampf zwischen äußeren Kräften, sondern auch ein innerer Kampf."

Barabbas sah Simon nachdenklich an. „Du redest von Idealen, aber ich sehe die Realität. Die Römer haben die Macht, und sie werden nicht zögern, uns zu töten. Wenn wir uns nicht wehren, werden wir ausgelöscht. Ist es nicht auch böse, sich nicht zu wehren, wenn das eigene Volk leidet?"

„Es ist eine Frage des Standpunkts", entgegnete Simon. „Was für dich böse erscheint, kann für andere eine Notwendigkeit sein. Aber wenn wir uns auf das Böse einlassen, verlieren wir unsere Menschlichkeit. Wir dürfen nicht zulassen, dass der Zorn unsere Entscheidungen bestimmt. Das Gute muss immer im Vordergrund stehen, auch wenn es in der Dunkelheit scheint, wie ein Licht, das den Weg weist."
„Und was ist mit denen, die sich nicht für das Gute entscheiden?", fragte Barabbas. „Was ist mit den Verrätern und denjenigen, die uns im Stich lassen? Ist es nicht unser Recht, sie zu bekämpfen?"

Simon nickte langsam. „Ja, es gibt Verrat, und es gibt Menschen, die sich gegen das Gute entscheiden. Aber auch sie können gerettet werden. Wir dürfen nicht vergessen, dass jeder Mensch die Fähigkeit hat, sich zu ändern. Der Schlüssel liegt darin, sie zu erreichen, nicht sie zu vernichten. Wenn wir den Kreislauf des Hasses brechen, können wir vielleicht auch die Herzen der anderen gewinnen."

Barabbas' Gesicht entspannte sich ein wenig, als er über Simons Worte nachdachte. „Du glaubst also, dass wir durch Gnade und Vergebung die Römer besiegen können?"

„Nicht nur die Römer", antwortete Simon. „Wir besiegen die Dunkelheit in uns selbst und in anderen. Der wahre Sieg kommt, wenn wir die Menschen dazu bringen, sich für das Gute zu entscheiden. Das ist der Kampf, den wir führen müssen – nicht nur gegen die Römer, sondern auch gegen die Dunkelheit in den Herzen der Menschen."

„Das klingt nobel, Simon. So ähnlich spricht doch dein Rabbi Jesus auch", sagte Barabbas, „aber ich habe Angst, dass wir dabei unsere eigene Freiheit verlieren. Wenn wir nur auf das Gute setzen, werden wir von den Römern ausgelöscht, und dann wird es niemanden mehr geben, der für das Gute kämpfen kann."

„Das ist der Konflikt, den wir alle erleben", gestand Simon. „Die Dualität von Gut und Böse ist ein Teil des menschlichen Daseins. Aber wir müssen uns entscheiden, welchem Weg wir folgen wollen. Du hast recht, der Kampf ist real, aber wir dürfen nicht vergessen, dass wir auch für die Art von Welt kämpfen, die wir hinterlassen wollen. Wenn wir uns auf das Böse einlassen, werden wir Teil des Problems."

Die anderen Männer in der Versammlung hörten aufmerksam zu, und einer nach dem anderen begannen sie, sich in die Diskussion einzubringen. Die Fragen von Barabbas und Simon waren Fragen, die viele von ihnen bewegten. Was bedeutete es, gut zu sein in einer Welt voller Bosheit? Und wie konnte man für die eigene Freiheit kämpfen, ohne die eigene Menschlichkeit zu verlieren?

„Vielleicht", sagte einer der Männer zögerlich, „könnte es einen Weg geben, das Gute und das Böse in Einklang zu bringen. Wir könnten für unsere Freiheit kämpfen, aber dabei auch die Prinzipien des Glaubens wahren."

„Genau!", rief Simon. „Wir müssen mutig sein, aber auch weise. Es ist möglich, für das Gute zu kämpfen und gleichzeitig die Werte zu leben, die wir vertreten. Wir können nicht zulassen, dass die Dunkelheit uns verzehrt."

Barabbas sah die Entschlossenheit in den Gesichtern seiner Gefährten. „Vielleicht hast du recht, Simon. Vielleicht müssen wir einen Weg finden, beides zu vereinen. Aber ich werde nicht aufhören zu kämpfen, und ich werde nicht zulassen, dass wir von den Römern ausgelöscht werden. Wir müssen stark und entschlossen sein!"

„Und das werden wir", sagte Simon mit einem leicht lächelnden Gesichtsausdruck. „Aber wir tun es im Namen des Guten. Wir kämpfen nicht nur für uns selbst, sondern für die Freiheit und die Hoffnung auf eine bessere Zukunft für alle."

Die Männer nickten zustimmend, und die Diskussion nahm eine neue Wendung. Während sie über die Dualität von Gut und Böse sprachen, wurde ihnen klar, dass ihr Kampf nicht nur gegen die Römer gerichtet war, sondern auch gegen die inneren Dämonen, die jeden von ihnen in der Gewalt hatten. Der Weg zur Freiheit würde sowohl Mut als auch Mitgefühl erfordern – und vielleicht war dies der Schlüssel zu einem erfolgreichen Widerstand.

Die Spannung zwischen den beiden Männern war greifbar, während ihre Gefolgsleute sie beobachteten. Barabbas und Simon standen für zwei unterschiedliche Ansichten des Widerstands, und die Entscheidung, die sie trafen, könnte das Schicksal ihres Volkes bestimmen.

„Wähle weise, Barabbas", sagte Simon schließlich, seine Stimme wurde leiser, aber eindringlich. „Der Weg des Glaubens ist der einzige, der uns schließlich zur Freiheit führen kann. Wenn du es nicht verstehst, wirst du uns alle ins Verderben stürzen."

Barabbas sah Simon an, seine Augen funkelten vor Entschlossenheit. „Ich werde nicht zulassen, dass die Römer uns besiegen. Wir kämpfen zusammen –

alle Juden, egal an wen sie glauben. Und wenn du nicht bereit bist, mit uns zu kämpfen, dann solltest du uns zumindest nicht im Weg stehen."

Die beiden Männer blickten sich an, jeder überzeugt von seiner eigenen Wahrheit, während die anderen in der Versammlung begannen, leise zu murmeln und sich zu fragen, welcher Weg der richtige war. Der Kampf um Jerusalem war nicht nur ein physischer Kampf gegen die Römer; er war auch ein Kampf um die Herzen und Seelen des jüdischen Volkes.

Barabbas zuckte mit den Schultern ... „Kann ich gehen?"
Simon: „Ja, und ... du brauchst dir den Ort nicht merken, wir wechseln unseren Treff täglich."

Barabbas winkte seinen Leuten. Einige blieben aber zurück.
Nach gut einer halben Stunde kamen sie in ihrer Kaschemme an. Barabbas sah Ruben beim Eintreten an. „Ich hätte schwören können, du bleibst auch.

In der schummrigen Kaschemme, die von flackerndem Licht und dem Geruch von Schweiß und Schmutz erfüllt war, setzten sich Barabbas und seine Gefährten an einen Tisch in der Ecke. Die Gespräche um sie herum waren laut, aber Barabbas hatte nur Augen für Ruben, der neben ihm saß, seine Stirn in Falten gelegt.

„Du hättest schwören können, ich bleibe auch", begann Ruben, die Hände auf den Tisch gelegt. „Was ist los mit dir, Barabbas? Wir brauchen jeden

Mann, der bereit ist zu kämpfen!" Ruben wiederholte diese Worte, seufzte und schüttelte den Kopf. „Es ist nicht nur ein Kampf, Barabbas. Es geht um die Menschen, um unsere Nachbarn, unsere Familien. Ich kann nicht einfach blindlings mit dir marschieren, wenn ich weiß, dass wir dabei auch Unschuldige verletzen könnten."

Barabbas' Augen verengten sich. „Unschuldige? In dieser Stadt gibt es keine Unschuldigen mehr! Die Römer haben uns alle in diese Lage gebracht. Wir müssen stark sein, um unsere Freiheit zu gewinnen!"

„Aber was ist mit den Konsequenzen?", entgegnete Ruben, seine Stimme klang eindringlich. „Wenn wir einfach angreifen, werden wir nicht nur die Römer treffen – wir werden auch die Zivilbevölkerung treffen, die unter ihrem Regime leidet. Denk an die Kinder, die Frauen, die Alten. Sie haben nichts mit unserem Kampf zu tun!"

„Das ist der *Preis des Krieges*, Ruben!", rief Barabbas, seine Geduld war am Ende. „Jeder von uns muss bereit sein, Opfer zu bringen. Wenn wir nicht jetzt handeln, werden wir für immer unterdrückt sein!"

„Das mag sein", erwiderte Ruben, „aber ich kann nicht mit einem Herzen voller Zorn und Rache in diesen Kampf ziehen. Ich habe gesehen, wie die Römer das Leben der Menschen zerstören, und ich will nicht, dass wir ihre Methoden übernehmen. Wir kämpfen für die Freiheit, nicht für die Grausamkeit!"

„Du redest von Grausamkeit, aber die Römer zeigen doch auch keine Gnade!", konterte Barabbas. „Wenn wir sie nicht mit aller Kraft bekämpfen, werden sie uns auslöschen! Glaubst du wirklich, dass sie sich um die Unschuldigen scheren?"

„Es geht nicht darum, was sie tun, Barabbas", sagte Ruben, seine Stimme wurde leiser, war aber voller Überzeugung. „Es geht darum, *wer* wir sind. Wenn wir uns auf *ihr* Niveau herabbegeben, verlieren wir alles, wofür wir kämpfen. Wir müssen einen Unterschied machen – nicht nur für uns, sondern auch für die, die nach uns kommen."

Barabbas schüttelte den Kopf, seine Wut brodelte. „Du bist zu weich, Ruben. Die Welt da draußen ist brutal, und du kannst nicht einfach in der Hoffnung leben, dass die Menschen sich ändern werden. Wir müssen handeln, und zwar jetzt!"

„Und ich sage dir, dass wir nicht nur kämpfen, um zu gewinnen, sondern auch, um zu zeigen, dass wir besser sind als unsere Unterdrücker", entgegnete Ruben. „Wenn wir uns nicht daran erinnern, dass wir Menschen sind, verlieren wir alles. Ich kann nicht Teil eines Plans sein, der das Leben unschuldiger Menschen aufs Spiel setzt. Das ist nicht der Weg, den ich gehen will."

„Du und deine Moral!", schnaubte Barabbas. „Wenn du so weitermachst, wird es nichts mehr geben, für das wir kämpfen können. Die Römer werden uns einfach auslöschen, und dann wirst du dich fragen, was du mit deinem ganzen Mitgefühl erreicht hast!"

„Ich frage mich nicht, Barabbas", sagte Ruben, seine Stimme fest. „Ich weiß, dass es wichtig ist, was wir tun. Wir müssen für unsere Freiheit kämpfen, aber wir müssen auch für die Menschlichkeit kämpfen. Wenn wir das verlieren, haben wir nichts gewonnen, egal wie viele Schlachten wir gewinnen."

Barabbas sah Ruben an, in seinen Augen sah man Frustration. „Du wirst mich nie verstehen, oder? Du siehst nur die Welt durch die Linse deiner Ideale, während ich die Realität vor mir habe. Wenn du nicht bereit bist zu kämpfen, dann halte uns wenigstens nicht auf!"

„Und wenn du die Menschlichkeit verlierst, Barabbas, was bleibt dann von dir?", fragte Ruben, seine Stimme jetzt eindringlich und ruhig. „Ich werde nicht aufgeben, auch wenn ich nicht mit dir gehe. Ich hoffe nur, dass du eines Tages erkennst, dass es einen anderen Weg gibt."

Mit diesen Worten stand Ruben auf und ging, … während Barabbas ihm nachsah, seine Wut und Enttäuschung war in einem inneren Konflikt gefangen. Der Raum schien sich um ihn herum zu drehen, als er über die Worte seines Freundes nachdachte, aber die Dunkelheit seiner Entschlossenheit ließ keinen Platz für Empathie. In seinem Herzen war der Kampf um Freiheit alles, was zählte – und er war bereit, alles dafür zu opfern.

Barabbas wusste nur eines: ‚Es musste weitergehen.' Den restlichen Verbliebenen sagte er seinen Plan. „Morgen wollen wir wieder zuschlagen." Er ver-

sprach allen: „Wer morgen einen weiteren Kameraden mitbringt, der könne sich nach getaner Arbeit
umsonst betrinken."

Als Barabbas mit verdächtig leichten Schritten – der
Wein hatte seine Wirkung entfaltet – durch die Straßen von Jerusalem tastete. ‚Wo man sich auch in
Jerusalem bewegt, man kommt immer zum Tempel',
dachte Barabbas unwirsch … doch es wurde überra-
schend interessant.

Barabbas schlich durch die Straßen Jerusalems,
sein Kopf war benebelt, doch seine Gedanken waren
klar. Er hatte das Gespräch im Tempel verfolgt, die
Konfrontation zwischen Jesus und den Priestern war
ihm nicht entgangen. Die Worte, die sie wechselten,
schienen wie ein ungutes Zeichen über der Stadt zu
liegen, und Barabbas konnte das Gefühl nicht ab-
schütteln, dass die Luft vor einer entscheidenden
Wende knisterte.

Während er durch die Gassen schritt, hörte er das
Murmeln der Menschen, die über das Geschehene
diskutierten. „Wer ist dieser Jesus?", fragten sie sich.
„Hat er die Macht, die er behauptet?" Barabbas
schüttelte den Kopf. Er verstand die Gedanken der
Menschen, aber für ihn zählte nur eines: **die Freiheit**.
Freiheit, die ihm und seinen Freunden verwehrt war,
und die er um jeden Preis zurückgewinnen wollte.

Er dachte an Ruben, der sich von ihm abgewandt
hatte. Der innere Konflikt seines Freundes war ihm
nicht entgangen – die Zweifel, die Fragen, die

Ungewissheit über die richtige Entscheidung. Barabbas hatte keinen Platz für solche Gedanken. Freiheit bedeutete für ihn, die Ketten zu sprengen, die ihn und die seinen festhielten. Er musste weiterkämpfen, und wenn es bedeutete, dass er allein gehen musste, dann war das eben genau so.

Im Geiste entblätterte sich ein Plan vor ihm: Er würde morgen wieder zuschlagen, und diesmal würde er nicht zögern. Der Hohepriester waren schwach, und seine Macht beruhte auf der Angst der Menschen. *Er* hatte die Macht, diese Angst zu brechen. „Wer morgen einen weiteren Kameraden mitbringt, der könne sich nach getaner Arbeit umsonst betrinken," hatte er versprochen. Es war ein kleiner Anreiz, aber er wusste, dass die Männer, die mit ihm kämpften, nicht nur für den Wein, sondern für die Freiheit kämpfen würden.

Als er die Straßen Jerusalems entlangging, spürte er die Energie der Stadt um sich herum. Die Menschen waren voller Fragen, voller Zweifel, aber auch voller Hoffnung. Barabbas wusste, dass er diese Hoffnung nutzen konnte. Wenn er den richtigen Moment abpasste, könnte er die Menschen auf seine Seite ziehen. Sie waren bereit, für einen Anführer zu kämpfen, und *er* würde dieser Anführer sein.

Er blieb stehen und blickte zum Tempel hinauf, wo das Licht der Fackeln die Dunkelheit durchbrach. Jesus war dort, umgeben von denen, die ihm folgten, und Barabbas spürte eine Mischung aus Wut und Bewunderung. Vielleicht hatte dieser Mann tatsächlich eine Macht, die über das hinausging, was die Hohepriester kannten. Aber für Barabbas war es zu spät für solche Gedanken. Er war auf dem Weg, seine eigene Chance zu ergreifen.

Gespräch am Rande des Lebens

Da sah er einige Männer und einige Wortfetzen drangen zu ihm. Das Wort ‚Vollmacht' elektrisierte ihn.

Barabbas ging nahe heran und lauschte den Worten der Männer, die an einer Ecke des Marktplatzes standen. Ihre Gesichter waren angespannt, und die Gesprächslautstärke schwoll an, während sie sich über die neuesten Nachrichten austauschten. Er trat näher, um mehr zu hören.

„Hast du gehört, was im Tempel passiert ist?", fragte einer der Männer, ein kräftiger Fischer namens Absalem. „Dieser Jesus hat sich mit den Priestern angelegt!"

„Ja, und die Priester waren sichtlich verunsichert", entgegnete ein anderer, ein Händler mit einem langen Bart. „Sie haben keine Antwort auf seine Fragen gefunden. Woher kommt diese *Vollmacht*, die er zu haben scheint?"

„Vollmacht?", lachte ein dritter Mann, der schmächtig und nervös wirkte. „Was für eine Vollmacht? Er ist doch nur ein Zimmermann aus Nazareth!"

Barabbas trat vor und unterbrach das Gespräch. „Und was ist mit den Wundern, die er vollbringt? Hast du das nicht gehört? Blinde sehen, Lahme gehen, sogar Tote werden auferweckt!"

Die Männer schauten überrascht zu ihm. Simon nickte nachdenklich. „Das stimmt, das sind außergewöhnliche Dinge. Aber sind sie wirklich von Gott? Oder ist er ein Betrüger?"

„Die Priester sagen, er sei ein Gotteslästerer", fügte der Händler hinzu. „Sie fürchten um ihre Macht, weil die Leute ihm glauben. Sie wissen, dass er eine Bedrohung für ihre Autorität darstellt."

Barabbas spürte, wie sich eine Welle der Aufregung in ihm regte. „Und was ist mit uns? Was haben wir von dieser Autorität? Wir leben in Angst und Unterdrückung. Wenn Jesus wirklich die Macht hat, die Menschen zu befreien, sollten wir ihm folgen!"

„Aber was, wenn er uns in eine Falle lockt?", warf der schmächtige Mann ein. „Was, wenn die Römer kommen und uns dafür bestrafen?"

„Ich habe genug von der Angst!", rief Barabbas, seine Stimme klang drängend. „Ich habe genug von den Lügen der Priester und der Unterdrückung durch die Römer! Wenn dieser Jesus die Wahrheit spricht, dann müssen wir herausfinden, was er wirklich will. Wir können nicht mehr tatenlos zusehen!"

Absalem sah ihn an, seine Augen funkelten vor Interesse. „Du sprichst mit Leidenschaft, Barabbas. Vielleicht hast du recht. Aber wie kommen wir an ihn heran?"

„Wir müssen die Menschen versammeln, sie müssen wissen, was hier vor sich geht!", antwortete Barabbas. „Wenn wir uns zusammenschließen, können wir die Wahrheit über diesen Mann herausfinden und vielleicht sogar unsere Freiheit gewinnen."

Die Männer schauten sich an, und eine neue Entschlossenheit schien den Raum zu erfüllen. „Lass uns morgen im Tempel sprechen", schlug Absalem vor. „Wir könnten einige von den anderen überzeugen, sich uns anzuschließen. Wenn Jesus wirklich das ist, für was er sich ausgibt, dann könnte er der Schlüssel zu unserer Freiheit sein."

Barabbas nickte, und ein Funken der Hoffnung blitzte in seinem Herzen auf. Vielleicht war dies der Anfang eines neuen Weges, nicht nur für ihn, sondern für alle, die unter dem Joch der Unterdrückung litten. „Morgen", sagte er bestimmt, „morgen werden wir herausfinden, was die Wahrheit ist."

Die Männer standen noch immer in der Ecke des Marktplatzes, während die Worte Jesu in ihren Köpfen nachhallten. Absalem, der Fischer, war der Erste, der sich wieder zu Wort meldete. „Hast du gehört, was er gesagt hat? 'Gebt dem Kaiser, was des Kaisers ist, und Gott, was Gottes ist!' Es ist eine geniale Antwort!"

„Um was ging es da?" fragte einer der Umstehenden. Absalem erzählte also: „Die Pharisäer wollten ihn in eine Falle locken. Sie schickten ein paar ihrer Jünger und Anhänger des Herodes zu ihm, um ihn zu fragen, ob es richtig sei, dem Kaiser Steuern zu zahlen oder nicht. Sie wollten ihn mit dieser Frage in Schwierigkeiten bringen.

Jesus merkte schnell, dass sie nicht ehrlich waren, und nannte sie Heuchler. Dann forderte er sie auf, ihm eine Steuermünze zu zeigen. Als sie ihm einen Silbergroschen reichten, fragte er sie, wessen Bild und Aufschrift auf der Münze sei. Sie antworteten, dass es das Bild des Kaisers sei. Daraufhin sagte er: *Gebt dem Kaiser, was des Kaisers ist, und Gott, was Gottes ist!"*

„Diese Antwort überraschte sie, und sie waren beeindruckt von seiner Weisheit. Schließlich ließen sie ihn in Ruhe und gingen weg. Es war eine clevere Antwort, die sie nicht erwartet hatten, und sie konnten ihn nicht in seinen Worten fangen."

Der schmächtige Mann, der immer noch zögerte, schüttelte den Kopf. „Ja, aber was bedeutet das für uns? Er spricht von Steuern und Gott, aber was ist mit unserer Freiheit? Was ist mit der Unterdrückung durch die Römer?"

Ein weiterer Mann, der bis dahin geschwiegen hatte, meldete sich zu Wort. „Ich verstehe deinen Zweifel. Aber vielleicht ist das genau der Punkt! Jesus hat uns gezeigt, dass wir nicht nur in dieser Welt leben, sondern auch in der Welt Gottes. Er fordert uns auf, die Dinge richtig zu ordnen. Aber was ist mit seiner Vollmacht? Woher kommt sie?"

„Das ist die Frage, die uns alle beschäftigt", sagte Absalem nachdenklich. „Er hat die Autorität, den Hohepriester und die Pharisäer herauszufordern. Das ist kein gewöhnlicher Mann. Er spricht mit einer Überzeugung, die wir noch nie zuvor erlebt haben."

„Ja, aber was ist, wenn er die Römer gegen uns auf-bringt?", warf der schmächtige Mann erneut ein. „Was passiert, wenn sie uns als Rebellen betrach-ten?"

Barabbas, der die Diskussion aufmerksam verfolgte, trat vor. „Ich verstehe eure Bedenken, aber wir müs-sen das Risiko eingehen. Wenn Jesus wirklich die Macht hat, die er zu haben scheint, könnte er der Schlüssel zu unserer Freiheit sein. Wir können nicht einfach zusehen, wie die Priester uns weiter belügen und unterdrücken."

Die anderen Männer schauten ihn an, und Absalem nickte zustimmend. „Du hast recht, Barabbas. Wir müssen herausfinden, was hinter diesen Wundern steckt. Vielleicht ist Jesus unser Weg zur Freiheit – nicht nur von der Steuer, sondern von der Unter-drückung insgesamt."

„Aber wie können wir ihn erreichen?", fragte der schmächtige Mann. „Er bewegt sich in Kreisen, die wir nicht betreten können."

„Wir müssen uns unter die Leute mischen, die ihm folgen", schlug Barabbas vor. „Wir müssen heraus-finden, was die Menschen über ihn denken und wie wir sie mobilisieren können. Wenn wir die Unterstüt-zung der Menge gewinnen, können wir ihn anspre-chen und ihn fragen, was er für uns tun kann."

Ein weiteres Murmeln ging durch die Gruppe, und die Männer begannen, sich zu sammeln. Simon erhob die Stimme. „Lasst uns morgen zum Tempel gehen und sehen, ob wir mehr über diesen Jesus erfahren können. Vielleicht können wir einige seiner Jünger treffen und sie fragen, was sie von ihm glauben."

Die Gruppe nickte zustimmend, und eine neue Entschlossenheit breitete sich unter ihnen aus. Sie würden nicht mehr länger in der Unsicherheit leben. Sie würden sich auf den Weg machen, um die Wahrheit über Jesus zu erfahren und herauszufinden, ob er derjenige war, der sie von ihrer Unterdrückung befreien konnte.

Als sie sich trennten, spürte Barabbas ein Gefühl der Hoffnung in seinem Herzen. Vielleicht war dies der Beginn einer neuen Ära, nicht nur für ihn, sondern für alle, die in der Dunkelheit lebten. Und er war entschlossen, alles zu tun, um die Freiheit zu erreichen, die sie so dringend benötigten.

Mit neuem Mut wandte er sich von dem Tempel ab und setzte seinen Weg fort. Die Nacht war dunkel, aber in seinem Herzen brannte das Feuer des Aufstands. Er würde nicht aufgeben, bis die Freiheit in seinen Händen lag. Und er würde nicht ruhen, bis jeder in Jerusalem wusste, dass er gekommen war, um zu kämpfen.

Jesus – zum Greifen nah

Doch in einer Gasse meinte er jenen Simon zu sehen, Simon den Zeloten. Er folgte ihm und kam zu einem interessanten Gespräch. Er trat vorsichtig näher und erkannte sofort Jesus, der von den Sadduzäern herausgefordert wurde. Neugierig blieb er stehen und lauschte dem Gespräch.

Sadduzäer: (einer von ihnen trat vor) „Meister, Mose hat gesagt: ‚Wenn einer stirbt und hat keine Kinder, so soll sein Bruder die Frau heiraten und seinem Bruder Nachkommen erwecken.' Nun waren bei uns sieben Brüder. Der erste heiratete und starb; und weil er keine Nachkommen hatte, hinterließ er seine Frau seinem Bruder. Und so geschah es mit dem zweiten und dem dritten bis zum siebenten. Zuletzt starb die Frau. Nun, in der Auferstehung: Wessen Frau wird sie sein von diesen sieben? Sie haben sie ja alle gehabt."

Jesus: (blickte sie mit einem ruhigen Lächeln an) „Ihr irrt, weil ihr weder die Schrift kennt noch die Kraft Gottes. Denn in der Auferstehung werden sie weder heiraten noch sich heiraten lassen, sondern sie sind wie Engel im Himmel."

Barabbas hörte, wie die Menschen um ihn herum leise murmelten, beeindruckt von Jesu Antwort.

Sadduzäer: (versucht, ihn weiter herauszufordern) „Habt ihr denn nicht gelesen von der Auferstehung der Toten, was euch gesagt ist von Gott, der da spricht: ‚Ich bin der Gott Abrahams und der Gott Isaaks und der Gott Jakobs'?"

Jesus: (beantwortet die Frage mit Nachdruck) „Gott ist nicht ein Gott der Toten, sondern der Lebenden."

Barabbas spürte, wie sich eine Welle des Staunens unter den Zuhörern ausbreitete. Die Sadduzäer schienen überrascht und verunsichert.

Sadduzäer: (flüstert zu seinen Gefährten) „Was für eine Antwort! Wie kann er das so sicher sagen?"

Ein anderer **Zuhörer:** (neugierig) „Er spricht mit einer Autorität, die ich noch nie zuvor gehört habe. Das könnte die Wahrheit sein!"

Barabbas: (leise zu sich selbst) „Er spricht von der Auferstehung und dem Leben. Könnte es wirklich so sein?"

Die Menschen um ihn herum schienen von Jesus' Worten ergriffen. Barabbas fühlte, wie die Lehren, die er gehört hatte, in ihm widerhallten.

Jesus: (blickt in die Menge) „Und als das Volk das hörte, entsetzten sie sich über seine Lehre."

Barabbas konnte die Spannung in der Luft spüren. Er sah, wie die Sadduzäer sich zurückzogen, ihre Gesichter von Zweifel und Verwirrung gezeichnet. In diesem Moment wurde ihm klar, dass Jesus nicht nur ein einfacher Lehrer war, sondern jemand, der die Menschen dazu brachte, über die Grenzen ihrer Überzeugungen hinauszudenken.

Barabbas: (leise, fast zu sich selbst) „Vielleicht ist er der Schlüssel zu unserer Freiheit, nicht nur in dieser Welt, sondern auch darüber hinaus."

Mit diesen Gedanken im Kopf wollte er sich von der Menge abwenden und seinen Weg fortsetzen, das Bild von Jesus, dem Mann, der die Auferstehung verkündete, fest in seinem Herzen verankert, doch da ging es weiter:

Barabbas hatte sich in der Menge um Jesus versammelt und beobachtete gespannt, wie die Pharisäer nun versuchten, ihn zu testen. Die Atmosphäre war geladen, und die Menschen drängten sich näher, um nichts von dem zu verpassen, was geschehen würde.

Pharisäer: (trat vor, sein Gesicht ernst) „Meister, welches ist das höchste Gebot im Gesetz?"

Die Menschen hielten den Atem an, die Frage war provokant und könnte Jesus in Schwierigkeiten bringen. Barabbas spürte das Knistern in der Luft.

Jesus: (blickte mit ruhigem, durchdringendem Blick auf den Pharisäer) „Du sollst den Herrn, deinen Gott, lieben von ganzem Herzen, von ganzer Seele und von ganzem Gemüt."

Ein Raunen ging durch die Menge. Barabbas fühlte, wie sich eine Welle der Zustimmung unter den Zuhörern ausbreitete. Es war eine einfache, aber kraftvolle Antwort.

Pharisäer: (nickte, als wolle er die Antwort anerkennen, aber suchte weiter) „Das ist wahr. Aber was ist mit dem anderen Gebot?"

Jesus: (unbeeindruckt und mit Nachdruck) „Das andere aber ist dem gleich: Du sollst deinen Nächsten lieben wie dich selbst."

Barabbas konnte das Murmeln der Menge hören, als die Menschen diese Worte verarbeiteten. Er dachte an seine eigenen Beziehungen, an die Männer, die mit ihm für die Freiheit kämpften, und an die Menschen, die unter der Unterdrückung litten.

Jesus: (setzte fort) „In diesen beiden Geboten hängt das ganze Gesetz und die Propheten."

Ein **älterer Mann** in der Menge, der an der Seite von Barabbas stand, murmelte: „Das ist tief. Wenn wir alle so leben würden, wäre die Welt ganz anders."

Barabbas: (leise zu dem Mann) „Es ist einfach, diese Worte zu hören, aber wie können wir sie in die Tat umsetzen? Wie können wir in einer Welt voller Angst und Unterdrückung lieben?"

Der alte Mann nickte, seine Augen glänzten vor Nachdenklichkeit. „Vielleicht ist das der Weg, Barabbas. Vielleicht ist das die Antwort, die wir suchen. Wenn wir uns vereinen und einander lieben, können wir die Ketten brechen."

Die Pharisäer schienen frustriert, dass sie Jesus nicht in der Zange hatten. Der Lehrer des Gesetzes, der die Frage gestellt hatte, trat einen Schritt zurück und sprach leiser, als würde er die Worte abwägen.

Pharisäer: „Meister, du sprichst von Liebe, aber was ist mit dem Gesetz? Was ist mit den Ritualen und den Vorschriften, die wir befolgen müssen?"

Jesus: (mit einem sanften, aber festen Ausdruck) „Das Gesetz ist wichtig, aber die Liebe ist das Herz des Gesetzes. Wenn ihr die Liebe vernachlässigt, verfehlt ihr den Sinn. Gott verlangt von uns, dass wir ihn und unseren Nächsten lieben – das ist die Essenz des Gesetzes."

Barabbas fühlte, wie sich in ihm etwas regte. Diese Ansichten waren revolutionär und forderten die bestehenden Normen heraus. Er wusste, dass viele in der Menge ähnliche Gedanken hatten.

Ein **junger Mann**, der nah bei Barabbas stand: „Das ist es! Wenn wir einander lieben, können wir die Priester und die Römer herausfordern!"

Barabbas: (leise, aber eindringlich) „Ja, aber wie? *Wie* können wir diese Liebe in der Dunkelheit umsetzen, die uns umgibt?"

Die Menschen um ihn herum schienen in Gedanken versunken. Jesu Worte hatten eine Botschaft gesendet, die das Potenzial hatte, ihre Welt zu verändern.

Pharisäer: (zunehmend frustriert) „Wir müssen die Gesetze wahren! Die Tradition ist das Fundament unseres Glaubens!"

Jesus: (mit einem nachdrücklichen Blick) „Die Tradition darf niemals wichtiger sein als die Liebe. Gott hat uns nicht nur Gesetze gegeben, sondern auch ein Herz, um zu lieben. Wenn wir das vergessen, verlieren wir alles."

Barabbas spürte, wie die Worte von Jesus in ihm widerhallten. Hier stand ein Mann, der die Menschen nicht nur mit seinen Wundern, sondern auch mit seinen Lehren herausforderte. Er hatte das Potenzial, das Denken der Menschen zu verändern und sie zu vereinen.

Barabbas: (flüstert zu dem alten Mann) „Vielleicht ist das der Anfang. Vielleicht müssen wir die Menschen aufrufen, für ihre Freiheit zu kämpfen – nicht nur für sich selbst, sondern auch füreinander."

Die Menge begann, sich zu bewegen, und Barabbas wusste, dass sie auf etwas Großes zusteuerten. Die Worte von Jesus hatten eine Kraft, die nicht ignoriert werden konnte. Sie waren der Funke, der das Feuer der Veränderung entfachen könnte.

Barabbas rückte näher an die Pharisäer heran, seine Neugier und sein Drang, die Wahrheit zu erfahren, trieben ihn an. Der alte Mann an seiner Seite tat es ihm gleich, und gemeinsam lauschten sie dem Gespräch.

Pharisäer 1: (mit einem selbstsicheren Lächeln) „Meister, wir haben eine Frage, die uns beschäftigt. Was denkt ihr von dem Christus? Wessen Sohn ist er?"

Pharisäer 2: (nickt zustimmend) „Ja, sag uns, was du darüber denkst!"

Jesus: (blickt sie mit einem durchdringenden Blick an) „Was denkt ihr von dem Christus? Wessen Sohn ist er?"

Pharisäer 1: (mit Überzeugung) „Er ist der Sohn Davids."

Jesus: (lächelt leicht, als er die Antwort hört) „Wie nennt ihn dann David im Geist ‚Herr', wenn er sagt: ‚Der Herr sprach zu meinem Herrn: Setze dich zu meiner Rechten, bis ich deine Feinde unter deine Füße lege'?"

Ein Raunen ging durch die Menge, als die Zuhörer die Komplexität der Frage erkannten. Barabbas spürte, wie sich die Spannung in der Luft auflud.

Pharisäer 2: (blickt verwirrt) „Was meint er damit?"

Pharisäer 3: (leise, fast unsicher) „Es scheint, als könnte er uns in eine Falle locken. Wie kann David ihn als ‚Herr' nennen, wenn er doch sein Sohn ist?"

Jesus: (mit Nachdruck) „Wenn nun David ihn Herr nennt, wie ist er dann sein Sohn?"

Die Pharisäer schauten sich verwirrt an, niemand wusste, wie er auf diese Herausforderung reagieren sollte. Barabbas konnte das Zögern und die Unsicherheit in ihren Gesichtern sehen.

Pharisäer 1: (flüstert zu seinen Gefährten) „Wir müssen eine Antwort finden. So können wir nicht dastehen!"

Pharisäer 2: (verwirrt) „Er hat uns nicht nur in eine Debatte verwickelt, sondern stellt auch unsere Autorität in Frage."

Die Menge begann zu murmeln, und Barabbas spürte, wie die Zuhörer immer mehr in das Gespräch hineingezogen wurden.

Zuhörer 1: (leise zu seinem Nachbarn) „Was für eine Frage! Könnte es sein, dass der Christus mehr ist, als wir gedacht haben?"

Zuhörer 2: (nickt, das Interesse geweckt) „Er spricht mit einer Autorität, die wir nicht ignorieren können. Vielleicht hat er recht!"

Zuhörer 3: (mit einem Ausdruck des Staunens) „David, der große König, nennt ihn ‚Herr'? Das könnte bedeuten, dass der Christus göttliche Macht hat!"

Die Pharisäer standen nun in einem Dilemma. Ihre Autorität war angegriffen, und sie hatten keine Antwort auf die tiefgründige Frage Jesu.

Pharisäer 1: (sichtlich frustriert) „Wir müssen uns zurückziehen und darüber nachdenken. Wir können ihm nicht auf diese Weise begegnen."

Pharisäer 2: (nickt zustimmend) „Ja, wir sollten unsere Strategien überdenken. Er ist nicht der einfache Lehrer, für den wir ihn gehalten haben."

Pharisäer 3: (mit einem besorgten Blick) „Wenn wir nicht aufpassen, könnte er die ganze Menge gegen uns aufbringen. Wir müssen vorsichtig sein."

Die Pharisäer zogen sich schließlich zurück, und Barabbas sah, wie die Menschen um ihn herum begannen, die Bedeutung von Jesu Worten zu diskutieren.

Barabbas: (zu dem alten Mann) „Was denkst du? Ist er wirklich der Christus, von dem die Propheten gesprochen haben?"

Alter Mann: (mit einem nachdenklichen Ausdruck) „Es scheint, als ob er mehr ist, als wir uns je vorstellen konnten. Wenn David ihn ‚Herr' nennt, dann könnte das bedeuten, dass er nicht nur ein Mensch, sondern auch der Sohn Gottes ist."

Die Menschen um sie herum murmelten zustimmend, und Barabbas spürte, dass sich etwas in der Stadt veränderte. Die Worte Jesu hatten einen Samen der Hoffnung und des Zweifels gesät, und er wusste, dass die Zeit gekommen war, um zu handeln. Sie mussten herausfinden, wer dieser Jesus wirklich war und welche Rolle er in ihrem Streben nach Freiheit spielen könnte.

Da begann Jesus, die Pharisäer verbal anzugehen. Barabbas war total überrascht. Nie hätte er Jesus diesen Mut zugetraut.

Barabbas stand in der Menge, seine Gedanken wirbelten, während er den leidenschaftlichen Worten Jesu lauschte. Die Rede war eine scharfe Anklage gegen die Schriftgelehrten und Pharisäer, die in ihren eigenen Traditionen gefangen waren und die Essenz des Glaubens aus den Augen verloren hatten. Jesus sprach mit einer Autorität, die Barabbas zutiefst beeindruckte und zugleich beunruhigte.

Jesus: „Weh euch, Schriftgelehrte und Pharisäer, ihr Heuchler! Ihr schließt das Himmelreich zu vor den Menschen! Ihr geht nicht hinein und die hineinwollen, lasst ihr nicht hineingehen."

Barabbas fühlte, wie sich eine Welle der Erleichterung und des Mutes in ihm regte. Er hatte sein ganzes Leben damit verbracht, die Unterdrückung durch die Mächtigen zu ertragen, und hier stand ein Mann, der sich gegen das Unrecht wandte. Die Worte Jesu über die Bürden, die die Pharisäer den Menschen auferlegten, trafen ihn ins Herz. Er erinnerte sich an die schweren Lasten, die ihm auferlegt worden waren – die Erwartungen, die Vorschriften, die niemals endenden Anforderungen.

Barabbas' Gedanken: Sie sagen, was richtig ist, aber sie selbst tun es nicht. Warum soll ich den Lehren folgen, wenn sie nicht einmal bereit sind, danach zu leben? Diese Heuchler haben mit ihren Regeln das Leben der Menschen erdrückt. Wenn sie nicht einmal bereit sind, einen Finger zu rühren, um zu helfen, was wissen sie dann von wahrer Gerechtigkeit?

Jesus sprach weiter über die Heuchelei der Pharisäer, die das Äußere reinigten, während das Innere voller Gier und Raub war.

Barabbas dachte an die vielen Männer und Frauen, die in den Straßen Jerusalems lebten, die hungerten und litten, während die Mächtigen im Tempel prahlten und sich selbst für gerecht hielten.

Barabbas' Gedanken: ‚Wenn sie wirklich gerecht wären, würden sie sich um die kümmern, die leiden. Sie würden nicht nur nach äußeren Zeichen der Frömmigkeit streben, sondern auch nach einer echten Beziehung zu den Menschen. Ich habe genug von diesen leeren Worten!'

Als **Jesus** die Pharisäer als „blinde Führer" bezeichnete, fühlte Barabbas eine tiefe Zustimmung. Er hatte oft das Gefühl, dass die Führungsschicht der Stadt, die sich selbst über das Volk erhob, blind für die Not der Menschen war. Diese Männer lebten in einem goldenen Käfig, während die Menschen draußen in der nächtlichen Kälte und Dunkelheit litten.

Barabbas' dachte: ‚Blindheit führt zu Unterdrückung. Sie sehen nicht, dass ihre Macht auf dem Leid anderer basiert. Wenn sie nicht umkehren, wird ihr Ende unweigerlich kommen. Vielleicht ist dieser Jesus der, auf den wir gewartet haben – jemand, der uns wirklich befreien kann!'

Die Worte über die Propheten, die getötet wurden, und die Verantwortung, die die aktuellen Führer dafür trugen, ließen Barabbas nicht los. Er dachte an die vielen, die für ihre Überzeugungen gestorben waren, und die Angst, die in den Herzen der Menschen lebte.

Barabbas' in Gedanken: ‚Sind wir nicht alle Kinder der Propheten, die sie verfolgen? Wenn wir uns nicht erheben, werden wir für immer in dieser Dunkelheit gefangen bleiben. Vielleicht ist es an der Zeit, sich gegen die Heuchelei zu erheben und für die Freiheit zu kämpfen!'

Als **Jesus** die Pharisäer als „Schlangen" und „Otterngezücht" bezeichnete, spürte Barabbas einen Funken der Hoffnung aufkeimen. Hier war ein Mann, der bereit war, die Mächtigen herauszufordern, der nicht fürchtete, die Wahrheit auszusprechen, egal wie unbequem sie war.

Barabbas' beschlich die Ahnung: Diese Worte sind gefährlich, aber sie sind wahr. Vielleicht können wir mit diesem Jesus an unserer Seite eine Veränderung herbeiführen. Vielleicht ist er der Schlüssel zu unserer Freiheit, und ich darf nicht zögern, ihm zu folgen!

Barabbas war entschlossen, mehr über diesen Mann zu erfahren. Er wollte wissen, ob Jesus wirklich der war, der die Herzen der Menschen ändern und sie von der Last der Heuchelei befreien konnte. Inmitten der drängenden Gedanken und der aufkeimenden Hoffnung wusste er, dass die Zeit gekommen war, um für sich und für die anderen zu kämpfen, die unter dem Joch der Unterdrückung litten.

Dann kam eine Klage Jesu über Jerusalem, eine tief bewegende und emotionale Ansprache, die die Trauer und Verzweiflung über die Unwilligkeit der Stadt und ihrer Bewohner widerspiegelte, die Botschaft Gottes anzunehmen. In seinen Worten drückte Jesus eine tiefe Sehnsucht aus, die Menschen zu versammeln und zu beschützen, ähnlich wie eine Henne ihre Küken unter ihren Flügeln schützt. Diese Metapher war voller Wärme und Fürsorge, doch sie wurde von einer schmerzlichen Realität überschattet: Jerusalem hat die Propheten getötet und die, die Gott zu ihnen gesandt hatte, verworfen.

Jesus sprach mit einer Stimme, die von Trauer und Enttäuschung erfüllt war. Er nannte Jerusalem namentlich, als würde er die Stadt selbst ansprechen, und hob hervor, dass die Stadt nicht nur die Botschaften der Propheten ignoriert hatte, sondern sie auch aktiv verfolgt und getötet hatte. Diese Worte waren wie ein Schrei aus dem Herzen Gottes, der die

Ablehnung und den Ungehorsam seiner Kinder be-
klagt. Jesus' klagender Tonfall unterstrich die Dringlichkeit seiner Botschaft und die tiefen Wunden, die
die Stadt sich selbst zugefügt hatte, indem sie die
Möglichkeit einer wahren Beziehung zu Gott ab-
lehnten.

Während Barabbas Jesu Klage über Jerusalem hörte, fühlte er eine tiefe Resonanz in seinem eigenen
Herzen. Er hatte die Ungerechtigkeit und das Leiden,
das die Menschen in Jerusalem haben ertragen müssen, aus erster Hand erlebt. Barabbas war ein Mann,
der selbst oft von den Mächtigen und den religiösen
Führern unterdrückt wurde. Er wusste, was es bedeutet, in einer Stadt zu leben, die sich von ihrer eigenen Geschichte und Identität entfremdet hat.

Barabbas fühlte das Mitgefühl für die Menschen in
Jerusalem, die von der Heuchelei der Führer und der
Blindheit der Stadt gefangen gehalten werden. Er
erkannte, dass viele von ihnen, wie er selbst, in der
Dunkelheit leben und nach einem Ausweg suchen.
Die Klage Jesu weckte in ihm das Gefühl, dass auch
er Teil dieser Stadt war, die ihre Bestimmung verlo-
ren hatte.

Barabbas spürte die Sehnsucht, die Jesus für Jerusalem empfand. Diese Sehnsucht, die Menschen zu
versammeln und ihnen eine Hoffnung zu geben,
sprach ihn tief an. Er selbst hatte oft das Bedürfnis
verspürt, die Menschen um sich herum zu einem
besseren Leben zu führen, und nun sah er in Jesus

einen möglichen Führer, der diese Veränderung herbeiführen könnte.

Die Warnung Jesu, dass „euer Haus wüst gelassen werden" wird, traf Barabbas hart. Er verstand, dass die Ablehnung der Botschaft nicht nur persönliche Konsequenzen hatte, sondern auch das Schicksal der gesamten Stadt beeinflussen würde. Diese Erkenntnis führte in ihm zu einem Gefühl der Dringlichkeit, dass etwas unternommen werden muss, um die Menschen zu erwecken und zu vereinen.

Die abschließenden Worte Jesu, dass sie ihn nicht sehen werden, bis sie rufen: „Gelobt sei, der da kommt im Namen des Herrn!", ließen Barabbas hoffen. Es gab eine Möglichkeit der Rückkehr, eine Chance auf Erlösung, wenn die Menschen bereit waren, ihre Herzen zu öffnen. Diese Hoffnung wurde zu einem Antrieb für Barabbas, sich dem Kampf um Freiheit und Gerechtigkeit anzuschließen.

Ja, es spiegelt Barabbas' Einverständnis mit Jesu Klage über Jerusalem seine eigene innere Zerrissenheit und den Wunsch wider, nicht nur für sich selbst, sondern für die ganze Stadt zu kämpfen. Die Worte Jesu waren für ihn mehr als nur eine Klage; sie waren ein Aufruf, aktiv zu werden und sich für eine bessere Zukunft einzusetzen.

Der Plan … diverse Vorbereitungen

Barabbas und seine Bande und viele Neue, für die je eines der Bandenmitglieder sich verbürgte, versammelten sich kurz bevor die Sonne ihren höchsten

Stand erreicht hatte, in der Kaschemme, die von schummrigem Licht und dem Geruch von Bier und Schweiß durchzogen war.

Die Atmosphäre war angespannt, aber auch aufgeladen mit einer Mischung aus Nervenkitzel und Entschlossenheit.

Barabbas beauftragte einige Mitglieder der Bande, die Bewegungen der römischen Wachstation zu beobachten. Sie sollten herausfinden, wann die Löhne geliefert werden, wie viele Soldaten stationiert sind und welche Sicherheitsvorkehrungen getroffen wurden.

Andere sollten mit Händlern und anderen Einheimischen, die möglicherweise Informationen über die Wachstation und die Routen der römischen Truppen hatten, sprechen.

Barabbas entschied, dass der Überfall in der Dämmerung stattfinden sollte, wenn die Wachsamkeit der Soldaten am niedrigsten war. Der genaue Zeitpunkt wurde auf einen Tag festgelegt, an dem die Wachen nach der Lohnlieferung erschöpft waren.

Um die Aufmerksamkeit der Wachen abzulenken, plante die Bande, ein Feuer in der Nähe der Wachstation zu legen. Dies sollte die Soldaten dazu bringen, ihre Position zu verlassen, um das Feuer zu löschen. Einige Mitglieder sollten sich in der Nähe der Wachstation verstecken und Lärm machen, um die Wachen weiter abzulenken und notfalls einzugreifen.

Die Bande sollte sich in kleinere Gruppen aufteilen. Eine Gruppe würde sich um das Feuer und die anderen Ablenkungsmanöver kümmern, während die andere Gruppe den Überfall auf die Wachstation durchführt.

Alle Mitglieder der Bande wurden mit improvisierten Waffen ausgestattet – Knüppel, Messer und alles, was sie finden konnten. Barabbas selbst würde die Führungsrolle übernehmen.

Die Gruppe, die den Überfall durchführt, sollte blitzschnell in die Wachstation eindringen, die Löhne an sich nehmen und sofort wieder verschwinden, bevor die Wachen reagieren konnten.

Vorher wurden Fluchtwege festgelegt, die durch die engen Gassen der Stadt führten. Die Bande kannte die Gegend gut und wusste, wo sie sich verstecken konnten.

Nach erfolgreichem Überfall sollten sie sich in der Kaschemme versammeln, um den erbeuteten Lohn zu feiern und gleichmäßig zu verteilen. Barabbas wusste, dies würde die Loyalität und den Zusammenhalt innerhalb der Bande stärken.

Barabbas betonte aber auch, dass sie nach dem Überfall vorsichtig sein müssten, um keine Aufmerksamkeit auf sich zu ziehen. Jeder hatte sich in den folgenden Tagen unauffällig zu verhalten.

Barabbas wusste, dass dies nur der Anfang war. Sie mussten weiterhin Informationen sammeln und Überfälle planen, um ihre Macht gegenüber den Römern

zu stärken. Ein Thema war weiterhin die Rekrutierung. Sie waren heute ca. 30 Männer. Er plante,
neue Mitglieder zu rekrutieren, um ihre Bande zu
vergrößern und die Überfälle effektiver zu gestalten.

Mit diesem Plan in der Hand fühlte sich Barabbas
entschlossen und bereit, alles zu riskieren, um die
Freiheit und das Überleben seiner Bande zu sichern.

Die Dunkelheit der Nacht umhüllte sie, als sie sich
auf das vorbereiteten, was kommen sollte. Doch erst
einmal wurde gefeiert, denn alle Anwerber sollten
den verdienten Lohn erhalten – nur eines war streng-
ste Bedingung: Niemand redete von der Arbeit.

Nach einem Tag der Erholung vom Feiern kamen die
Informanten nacheinander in die Kaschemme, um
Barabbas von ihren Beobachtungen zu berichten.
Die Luft war jetzt klar, und der Geruch von frischem
Brot mischte sich mit dem muffigen Duft des Rau-
mes. Barabbas saß an einem Tisch in der hinteren
Ecke, umgeben von seinen treuesten Vertrauten. Die
Spannung stieg, als die ersten Berichte eingingen.

Der erste, ein schmächtiger Mann mit einem nervö-
sen Blick, trat vor. „Die Wachen sind am Morgen
immer müde, besonders nach der Lohnlieferung",
berichtete er hastig. „Sie haben nur sechs Soldaten
zur Wachstation abgestellt, und die meisten von
ihnen waren nach dem Essen in der Nähe der Feuer-
stelle eingeschlafen. Es gab keine zusätzlichen Sicherheitsvorkehrungen, solange die Löhne nicht geliefert wurden."

Barabbas nickte und machte sich Notizen auf einem Stück zerknittertem Pergament. „Gut. Das ist nützliche Information. Was ist mit den Routen der Truppen?"

Ein weiterer Mann, breitschultrig und selbstbewusst, trat nach vorne. „Ich habe mit einem Händler gesprochen, der die Routen der römischen Patrouillen kennt. Sie wechseln alle zwei Tage, und heute ist einer der Tage, an denen sie nicht patrouillieren. Die nächste Patrouille wird erst morgen früh erwartet."
Barabbas lächelte. „Das spielt uns in die Karten. Wir müssen die Dämmerung nutzen, um zuzuschlagen."

Ein dritter Informant, eine Frau mit scharfen Augen, trat vor. „Ich habe gehört, dass die Soldaten am Abend oft zum Markt gehen, um sich zu vergnügen. Es gibt einen Festtag, und die meisten werden sich betrinken. Das wird uns mehr Zeit geben."
Barabbas überlegte kurz und sah dann seine Bande an. „Das bedeutet, wir haben die perfekte Gelegenheit. Wir müssen den Überfall so schnell und so präzise wie möglich durchführen."

In den folgenden Stunden machte sich die Bande an die Vorbereitungen. Barabbas verteilte die Rollen und sorgte dafür, dass jeder wusste, was zu tun war. Die Aufregung war spürbar, als sie sich auf den bevorstehenden Überfall vorbereiteten.

Die Männer und Frauen der Bande sammelten sich noch einmal in der Kaschemme. Barabbas erhob die Stimme. „Heute Abend werden wir nicht nur für uns selbst kämpfen, sondern für all jene, die unter der römischen Herrschaft leiden. Dieser Überfall wird uns die Mittel geben, um zu überleben und zu wachsen. Wir sind mehr als eine Bande – wir sind eine Familie!"

Die Menge jubelte, und die Anspannung verwandelte sich in Entschlossenheit. Sie wussten, dass sie alles riskieren würden, aber der Lohn war es wert. So verabredeten sie sich für den Abend, direkt nach Sonnenuntergang.

Der Überfall

Die Dunkelheit hatte sich über die Stadt gelegt, als Barabbas und seine Bande sich in Bewegung setzten. Die schmalen Gassen waren nur schwach erleuchtet von den flackernden Lampen, die an den Wänden hingen, und die Luft war kühl und frisch. Barabbas spürte den Adrenalinschub in seinen Adern, als sie sich dem Ziel näherten.

Die erste Gruppe, bestehend aus drei Männern, war bereits im Begriff, das Feuer zu entfachen. Sie hatten sich mit trockenem Holz und alten Lumpen ausgestattet, die sie aus den Abfällen der Stadt gesammelt hatten. Mit flinken Händen zündeten sie die Materialien an und innerhalb weniger Augenblicke züngelten die Flammen empor. Der Lichtschein tanzte an den Wänden und warf lebhafte Schatten, die die Szenerie in ein gespenstisches Licht tauchten.

„Feuer!", rief einer der Wachen, als der Rauch in ihre Richtung zog. „Schnell, wir müssen es löschen!" Die Wachen, die bis dahin gelangweilt waren, sprangen

auf und rannten in Richtung der Flammen. Barabbas beobachtete, wie die Männer der Wache in Panik umherliefen, und wusste, dass der Moment gekommen war.

Mit einem kurzen, entschlossenen Nicken zu seinen Männern gab Barabbas **das Zeichen**. Die zweite Gruppe, die sich im Schatten verborgen hatte, schlich sich lautlos zur Wachstation. Sie bewegten sich wie Schatten, jeder Schritt war leise und bedacht. Barabbas führte die Gruppe an, seine Augen waren auf die Tür der Wachstation gerichtet, die nur einen Spalt offenstand.

Als sie die Tür erreichten, drückte Barabbas sie vorsichtig auf. Der Raum war schwach beleuchtet, und die wenigen Wachen, die noch im Inneren waren, schienen mit dem Feuer beschäftigt zu sein. Barabbas' Herz pochte in seiner Brust, während er den ersten Wachmann sah, der unachtsam am Tisch saß.

Mit einer blitzschnellen Bewegung sprang Barabbas vor, packte den Wachmann am Kragen und drückte ihn mit einem kräftigen Schwung gegen die Wand. Der Soldat hatte keine Chance, einen Schrei auszustoßen, bevor Barabbas ihn mit einem gezielten Schlag bewusstlos machte.

Die anderen Mitglieder der Bande folgten seinem Beispiel. Sie stürmten in den Raum, überwältigten die überraschten Wachen mit präzisen Schlägen und ruckartigen Bewegungen. Es war ein gut einstudierter Tanz des Chaos – jeder wusste, was zu tun war,

die Synchronität ihrer Bewegungen war beeindru-
ckend.

„Schnell! Die Löhne!", rief Barabbas, während er zu
den großen Truhen in der Mitte des Raumes eilte.
Die Truhen waren aus schwerem Holz, die Eisen-
beschläge glänzten im schwachen Licht. Mit einem
kräftigen Ruck öffnete er die erste Truhe. Der Geruch
von frischem Holz und Metall stieg ihm in die Nase,
als er die Truhe aufriss.
In der Truhe lag eine Fülle von Gold- und Silber-
münzen, die im Licht der Lampen funkelten. Barabbas' Augen weiteten sich vor Begeisterung. „Nehmt
alles, was ihr könnt!", rief er und begann, die Münzen
in einen großen Sack zu stopfen.

Die anderen Männer arbeiteten schnell und effizient.
Sie schoben die Münzen in ihre eigenen Säcke, während sie immer wieder einen Blick zur Tür warfen. Die
Wachen würden bald zurückkehren, und die Zeit
drängte. Jeder Handgriff musste sitzen, jede Sekun-
de zählte.

Plötzlich hörten sie das Geräusch von Schritten, die
sich der Wachstation näherten. Das Klirren von Rüstungen und das Murmeln von Stimmen drang durch
die Tür. Barabbas' Herz raste. „Schnell! Versteckt
euch!", rief er. Die Bande hastete hinter die Truhen
und in die Schatten des Raumes.

Die Tür öffnete sich mit einem lauten Knarren, und
ein Soldat trat ein, gefolgt von zwei weiteren. „Was
ist hier los?", fragte der erste, als er die Szene sah.

Die gefesselten Wachen lagen bewusstlos auf dem Boden, und die Truhen waren geöffnet. Der Soldat zog sein Schwert und trat vorsichtig ein, seine Augen suchten nach einer Bedrohung.

Barabbas wusste, dass sie nicht länger warten konnten. Mit einem kurzen Blick zu seinen Männern gab er **das Zeichen**. Gemeinsam sprangen sie hervor. „Jetzt!", rief er und stürzte sich auf den ersten Soldaten. Der Soldat hatte keine Zeit, zu reagieren, bevor Barabbas ihn mit einem kräftigen Schlag niederstreckte.

Die anderen Mitglieder der Bande kamen ihm zur Hilfe, und es entbrannte ein kurzer, aber heftiger Kampf. Die Soldaten waren überrascht und konnten nicht mit der Schnelligkeit und Entschlossenheit der Bande mithalten, zumal nun auch von außen die hinzukamen, die durch Lärm und Getöse die Soldaten ablenken sollten. Innerhalb von Sekunden lagen auch diese drei Soldaten am Boden.

„Los, weiter!", rief Barabbas, als er die restlichen Truhen schnell durchsuchte. Sie fanden genug Gold, um ihre Kassen für Monate zu füllen. „Wir müssen jetzt verschwinden!"

Mit den schweren Säcken voller Geld in den Händen drängten sie sich durch die Hintertür und in die Dunkelheit der Nacht. Die Straßen waren still, und das Geräusch ihrer hastigen Schritte hallte in der Stille wider.

Als sie endlich in der Sicherheit der Kaschemme waren, atmeten sie tief durch. Der Überfall war gelungen, und sie hatten nicht nur überlebt, sondern auch einen entscheidenden Schlag gegen die römische Herrschaft gelandet.

In der Kaschemme, an der draußen an der Tür ,Geschlossene Gesellschaft' stand, brach Jubel aus. Barabbas sah in die Gesichter seiner Männer und einiger Frauen, und er wusste, dass sie gemeinsam alles erreichen konnten. „Das war nur der Anfang!", rief er. „Wir werden weiterkämpfen, für unsere Freiheit und für die, die unterdrückt werden!"
Die Nacht war voller Lachen, Gesang und dem Klang von Bechern, die aufeinanderschlugen. Barabbas wusste, dass sie sich auf eine lange und gefährliche Reise begeben hatten, aber in diesem Moment war der Sieg süß, und die Bande war bereit, alles zu riskieren, um für ihre Freiheit zu kämpfen. Er wusste aber auch: Der Kampf hatte gerade erst begonnen.

Die Geheimwaffe

Sitzung des Hohen Rates im Tempel

Der Ort ist der Tempel in Jerusalem, im Vorraum zum Allerheiligsten. Teilnehmer sind Hohepriester Kaiphas, mehrere Priester und die Ältesten des Rates.

Kaiphas: (mit besorgter Miene) „Brüder, wir stehen vor einer ernsten Herausforderung. Die Römer haben uns unter Druck gesetzt. Sie fordern von uns, den Diebstahl des Soldes für ihre Soldaten aufzuklären, andernfalls drohen sie, sich am Tempelschatz zu vergreifen. Wir müssen schnell und überlegt handeln."

Priester 1: (nervös) „Aber wie sollen wir das anstellen, Hohepriester? Barabbas ist ein gefährlicher Mann, und er ist nicht gerade bereit, mit uns zu kooperieren."

Priester 2: (überlegte) „Vielleicht sollten wir unsere Ohren und Augen in den Gassen Jerusalems öffnen. Es gibt immer Gerüchte, und vielleicht können wir etwas über Barabbas und seine Komplizen erfahren."

Kaiphas: (nickte) „Das ist ein guter Ansatz, aber wir benötigen mehr als nur Gerüchte. Wir müssen präzise Informationen und einen Plan haben."

Priester 3: (hob die Hand) „Ich habe von einem jungen Gelehrten gehört, der in Tarsus lebt. Sein Name ist Saulus. Er gilt als hochintelligent und hat eine Ausbildung, die ihn in die Lage versetzt, strategisch vorzugehen. Vielleicht könnte er unsere ‚Geheimwaffe' sein."

Kaiphas: (interessiert) „Saulus, sagst du? Was genau weißt du über ihn?"

Priester 3: „Er ist ein Pharisäer und hat sich dem Studium der Schriften verschrieben. Er ist bekannt für seine Fähigkeit, die Gedanken seiner Gegner zu durchschauen. Außerdem hat er Erfahrung im Umgang mit Aufständischen und jede Art von Freischärlern. Wenn wir ihm unsere Situation schildern, könnte er uns helfen, Barabbas und seine Bande zu infiltrieren."

Priester 1: (skeptisch) „Aber können wir ihm vertrauen? Er könnte auch gegen uns arbeiten."

Kaiphas: (entschlossen) „Wir müssen ein Risiko eingehen, wenn wir
uns gegen die Römer behaupten wollen. Wenn Saulus tatsächlich so ta-
lentiert ist, wie du sagst, könnte er
uns wertvolle Informationen beschaffen. Wir könnten
ihm ein Angebot machen, das ihm einen Anreiz gibt,
uns zu helfen."

Priester 2: (nickte zustimmend) „Vielleicht sollten wir
ihm eine Belohnung versprechen, wenn er uns hilft,
Barabbas zu finden und die Römer zufrieden zu stellen."

Kaiphas: (blickte in die Runde) „Ich denke mehr an
eine Hilfestellung bei einer Karriere, also eine Belohnung in weiterer Sinne. Wir werden Saulus kontak-
tieren und ihm unsere Situation darlegen. Wenn er
sich bereit erklärt, uns zu unterstützen, wird er unser
Mann in dieser Sache sein."

Priester 3: (eifrig) „Ich werde sofort nach Tarsus rei-
sen und ihn finden. Ich werde ihm die Dringlichkeit
unserer Lage klarmachen und ihm die Vorzüge einer
Zusammenarbeit aufzeigen."

Kaiphas: (schaute ernst) „Denkt daran, Brüder, wir
müssen vorsichtig vorgehen. Die Römer sind misstrauisch, und wir dürfen keine Fehler machen. Der
Tempel und unser Volk stehen auf dem Spiel."

Priester 1: (entschlossen) „Wir werden alles tun, was nötig ist, um unsere Position zu sichern und die Römer in Schach zu halten."

Kaiphas: (stand auf) „Gut, dann lasst uns beten und unsere Pläne in die Tat umsetzen. Möge Gott uns Weisheit und Stärke geben in dieser schweren Zeit."

Die Sitzung endete mit einem Gebet, während die Priester in Gedanken über die ausstehenden Herausforderungen nachdenken.

Barabbas - ein Selbstgespräch

(Barabbas saß in einer dunklen Ecke der Kaschemme, umgeben von seinen feiernden Komplizen. Lärm und Gelächter drangen in seine Gedanken, doch er konnte sich nicht ganz darauf konzentrieren. Er lehnte sich zurück, sein Blick ging ins Leere.)

Barabbas: (leise zu sich selbst) Freiheit… ‚Was bedeutet das eigentlich für mich? Hier sitze ich, umgeben von Freunden, die die Beute von unserem letzten Überfall feiern. Sie jubeln, sie lachen, sie fühlen sich unbesiegbar. Aber bin ich das auch? Bin ich wirklich frei?'

(Er nippte an seinem Getränk und beobachtete die anderen.)

Barabbas: (fortfahrend) ‚Freiheit… Ist es die Abwesenheit von Ketten? Oder ist es mehr als das? Ich habe die Fesseln der Sklaverei abgeworfen, die mir die Römer angelegt haben, aber ich bin immer noch gefangen – gefangen in der Verantwortung, die ich für meine Taten trage.'

84

(Er kratzte sich am Kopf, während er nachdachte.)

Barabbas: ‚Ich habe immerhin die Macht, *das* zu tun, was *ich* will. Ich kann nehmen, was ich möchte. Aber was ist der Preis dafür? Die Menschen fürchten mich, aber respektieren sie mich auch? Oder sehen sie nur den Räuber, den Anarchisten, der alles niederbrennt, was ihm in den Weg kommt?'

(Ein Schauer läuft ihm über den Rücken, als er an die Schreie der Menschen denkt, die er verletzt hat.)

Barabbas: (mit einem Seufzer) ‚Ist das *die* Freiheit, die ich wollte? Ich wollte nicht mehr unterdrückt werden, nicht mehr den Willen anderer ertragen. Aber jetzt… jetzt bin ich ein Alptraum für die, die ich eigentlich schützen wollte.'

(Er lehnte sich weiter zurück und schloss die Augen.)

Barabbas: ‚Verantwortung… Das Wort selbst fühlt sich schwer an. Ich habe die Freiheit, meine eigenen Entscheidungen zu treffen, aber ich trage auch die Konsequenzen. Wenn ich weiter so mache, was wird dann aus mir? Werde ich eines Tages alleinstehen, umgeben von den Ruinen, die ich hinterlassen habe?'

(Er öffnete die Augen und sah seine Komplizen an, die sich weiter amüsierten.)

Barabbas: (flüsterte) ‚Freiheit ist ein zweischneidiges Schwert. Es gibt kein einfaches Gut oder Böse. Ich kämpfe gegen die Unterdrückung, aber ich werde selbst zum Unterdrücker. Wo ist der Ausweg? Wo ist der Ort, an dem ich beides haben kann – Freiheit und die Würde, die damit einhergeht?'

(Er stand auf und ging zur Theke, um sich ein weiteres Getränk zu holen.)

Barabbas: (leise) ‚Vielleicht ist die wahre Freiheit nicht nur das, was ich nehme, sondern auch *das*, was ich bereit bin zu geben. Vielleicht muss ich lernen, nicht nur für mich selbst zu kämpfen, sondern auch für die, die mir am Herzen liegen.'

(Er nippte an seinem Getränk und blickte nachdenklich in die Menge.)

Barabbas: (mit einem schwachen Lächeln) ‚Freiheit … vielleicht ist sie kein Ziel, sondern ein Weg. Ein Weg, den ich noch lernen muss zu gehen. Aber wie beginne ich, wenn ich nicht einmal weiß, wo ich stehe?'

(Er schüttelte den Kopf und wollte zu seinen Komplizen zurückkehren, doch die Fragen blieben in seinem Herzen.)

Er musste an Ruben denken, der offenbar nun häufiger bei diesem Jesus war. Als er Ruben in den Straßen getroffen hatte, hatte der ihm von Worten Jesu erzählt: „Seht ihr nicht auf den Tempel? Wahrlich, ich sage euch: Es wird hier nicht ein Stein auf dem andern bleiben, der nicht zerbrochen werden wird." Und, so Ruben, er wies auf Vorzeichen für das Ende der Welt, wonach ihn seine Jünger fragten und sagte: „Seht zu, dass ihr euch nicht verführen lasst. Denn es werden viele unter meinem Namen euch sagen: Ich bin der Christus, und die werden viele verführen. Ihr werdet Kriege und Kriegsgeschrei erleben, aber erschreckt nicht, denn es muss so geschehen. Aber das ist noch nicht das Ende. Denn es werden sich Völker und Königreiche gegeneinander erheben; und es werden Hungersnöte kommen und Erdbeben geschehen. Das alles aber ist nur der Anfang. Dann werden sie euch bedrängen und euch töten. Und ihr werdet gehasst werden um meinetwillen von allen Völkern. Dann werden viele fallen und sie werden sich untereinander verraten und sich hassen. Und es werden viele falsche Propheten auftreten und sie werden viele verführen. Doch, weil die Missachtung des Gesetzes überhandnehmen wird, wird die Liebe unter den Menschen erkalten. Wer aber ausharrt bis ans Ende, der wird selig werden. Und es wird gepredigt werden das Evangelium vom Reich in der ganzen Welt zum Zeugnis für alle Völker, und dann erst wird das Ende kommen.

Barabbas dachte: ‚Sind diese Worte nicht eine Warnung, aufmerksam zu sein, nicht in Angst zu verfallen, sondern standhaft zu bleiben und auf das Ende vorbereitet zu sein, welches durch viele Zeichen angekündigt wird.‘

Barabbas wusste natürlich, es ging vor allem um Hoffnung, dass das Ende erst nach der Verkündung des Evangeliums kommt und dass diejenigen, die treu bleiben, belohnt werden. Aber, dachte er, warum sollte er noch auf irgendetwas Rücksicht nehmen. Wenn irgendetwas davon geschehen würde, sollten sich die Römer und die Mächtigen der Juden fürchten, nicht so kleine Lichter wie er. Und wenn wirklich alles bald zu Ende war, sollte man ihn wenigsten feiernd finden. ‚Schluss als mit diesen Gedanken!‘ sagte er sich und mischte sich unter seine Komplizen.

Der junge Gelehrte Saulus übernimmt ...

Saulus von Tarsus, ein gebildeter Mann und pharisäischer Gelehrter, war entschlossen, die in Verdacht stehende Bande von Barabbas zu finden und deren gefährliche Aktivitäten zu unterbinden. Nachdem ihm die Priester und Ältesten des Rates den Auftrag erteilt hatten, machte er sich auf den Weg, um Strategien zu entwickeln. Sein Plan bestand aus mehreren Schritten, die sowohl strategisches Denken als auch gezielte Maßnahmen umfassten.

Saulus wusste, dass der Schlüssel zum Erfolg in der *Informationsbeschaffung* lag. Er begann, in den unauffälligeren Ecken Jerusalems nach Hinweisen zu suchen. Dazu besuchte er die Märkte, die Kaschemmen und die Gassen, wo sich das Volk versammelte. Durch Gespräche mit den Bürgern wollte er die neuesten Gerüchte und Nachrichten über Barabbas und seine Bande aufzuschnappen. Vor allem hoffte er, etwas über deren nächsten Überfall oder deren Versteck zu erfahren.

Saulus suchte sich einige Verbündete in der Stadt, die bereit waren, ihm Informationen zu liefern. Er sprach mit Händlern, die möglicherweise in den Gangs der Stadt verkehrten, und bot ihnen kleine Belohnungen im Austausch für Neuigkeiten an. Durch diese informellen Kontakte konnte er ein

Netzwerk von Spitzeln aufbauen, die über Barabbas' Bewegungen berichtet würden.

Um Barabbas und seine Männer zu verunsichern, entwickelte **Saulus** einen Plan, um Gerüchte über einen bevorstehenden Racheakt der römischen Soldaten zu streuen. Er sorgte dafür, dass Informationen über verstärkte Patrouillen und Gefahren durch die Straßen ver-breitet wurden. Die Hoffnung war, dass Barabbas' Männer aus Angst vor Entdeckung und Verhaftung sich in ihre Verstecke zurückgezogen, wodurch sie für Saulus leichter zu fassen wären.

Saulus war sich bewusst, dass es gefährlich war, direkt auf Barabbas zuzugehen. Stattdessen beschloss er, sich als normaler Bürger zu tarnen und die Bande aus der Nähe zu beobachten. Er kleidete sich in einfache Gewänder und mimte den Eindruck eines unauffälligen Marktforschers, um die Aufmerksamkeit von Barabbas und seinen Komplizen abzulenken. So konnte er unbemerkt in deren Nähe agieren und wertvolle Informationen sammeln.

Saulus etablierte eine Routine der Überwachung. Er kartographierte die gewohnten Bewegungen und Verstecke von Barabbas und seinen Männern. Dazu beobachtete er besonders die Regionen, in denen sich die Bande versteckte, um vor Ort strategisch wichtige Positionen zu identifizieren. Er achtete darauf, wie oft sie ihre Überfälle planten, zu welchen

Zeiten das Risiko am höchsten war und wo die Sicherheitsvorkehrungen der Wachen am schwächsten waren.

Durch Freundschaftsdienste und gezielte Diskussionen gelang es Saulus schließlich, einen ehemaligen Komplizen von Barabbas zu gewinnen, der sich von der Gewalt und Unsicherheit der Bande loslösen wollte. Dieser Informant sollte ihm Informationen über die internen Pläne und das Vertrauen innerhalb der Gruppe geben. Mit diesem Wissen konnte Saulus die Schwachstellen der Bande erfassen und seine Strategie weiter verfeinern.

Mit den gesammelten Informationen arbeitete Saulus einen konkreten Plan aus, um die Bande zu überlisten. Er plante, einen Überraschungsschlag durch eine kleine Gruppe von Soldaten zu initiieren, wenn die Bande nach einem Erfolg am wenigsten damit rechnete. Diese Gruppe sollte eine Nacht vorher positioniert werden, um sicherzustellen, dass sie Barabbas und seine Männer in eine Falle locken konnten, sei es durch eine falsche Information über einen weiteren Überfall oder eine vermeintliche Schwachstelle in den römischen Sicherheitsvorkehrungen.

Barabbas kontert – ein Gegenplan

Barabbas, intelligenter und gefährlicher Anführer seiner Bande, erfuhr, dass Saulus und seine Leute nach Informationen über ihn und seine Aktivitäten suchten. Er kannte ihn nicht, dachte sich aber, dass die Römer die Juden unter Druck setzen und zwingen würden, etwas zu unternehmen. Wenn dieser Saulus ihm auf der Spur war, hieß es, dass er ein gefährliches Gegenüber hatte. Um sich einen strategischen Vorteil zu verschaffen, entwarf er einen durchdachten Plan, um des Gegners Bemühungen zu vereiteln und seine eigene Macht zu festigen.

Barabbas wusste, dass Informationen Macht vermittelten und dass er die Ungewissheit über seine nächsten Schritte zu seinem Vorteil nutzen sollte. Um dies zu erreichen, entschied er, das Kommunikationsnetz innerhalb seiner Bande zu verbessern und sicherzustellen, dass nur die engsten Vertrauten von seinen Plänen wussten. Er führte regelmäßige, geheime Treffen in abgelegenen Teilen der Stadt durch, um mögliche Spione oder Ohren abzuschütteln.

Um Saulus in die Irre zu führen, plante Barabbas, gezielt falsche Informationen zu streuen. Er ließ ein Gerücht über einen großen Überfall auf einen wohlhabenden Händler durch seine Informanten ins Umlauf bringen. Diese Nachricht sollte absichtlich in die Hände von Saulus und seiner Gruppe geleitet werden. Auf diese Weise würde Saulus' Aufmerksamkeit von den echten Plänen abgelenkt, während der glaubte, die Bande zu überlisten.

Eine weitere Maßnahme, die Barabbas ergriff, war die Verwendung von Verkleidungen. Die Mitglieder seiner Bande sollten sich als gewöhnliche Bürger kleiden, um nicht aufzufallen. Wenn sie sich in den Straßen von Jerusalem bewegten, könnten sie nicht nur Informationen austauschen, sondern auch Saulus' Spione mit falschen Informationen versorgen, ohne Verdacht zu erregen.

Barabbas wählte strategisch mehrere geheime Verstecke in der Stadt, die nicht nur als Rückzugspunkt dienen sollten, sondern auch als Treffpunkte für die

Planung neuer Überfälle. Diese Verstecke sollten abwechselnd genutzt werden, um sicherzustellen, dass sie unentdeckt blieben. Zudem plante Barabbas, mehrere Fluchtwege auszukundschaften, sodass die Bande im Falle eines Übergriffs schnell und effizient reagieren konnte.

Barabbas erkannte, dass seine Männer gut ausgebildet und diszipliniert sein mussten, um auf unvorhergesehene Situationen reagieren zu können. Er plante regelmäßige Trainingslager, in denen er den Mitgliedern der Bande sowohl kampftechnische Fähigkeiten als auch Überlebenstechniken vermittelte. Dadurch sollten sie besser vorbereitet sein, falls sie in eine konfrontative Situation mit Saulus oder seinen Männern geraten sollten.

Um mögliche Loyalitätsprobleme und Verrat zu verhindern, schuf Barabbas kleinere Fraktionen innerhalb seiner Bande. Diese Gruppen sollten eigenständig agieren und nur über ihre direkten Anführer kommunizieren. So würde selbst im Fall eines Übergriffs von Saulus und seinen Spionen das gesamte Netzwerk nicht gefährdet sein, da das Wissen über die Pläne fragmentiert war.

Barabbas wusste, dass seine Bande nicht alleine agieren musste. Er beschloss, mit anderen Aufständischen und oppositionellen Gruppen in Kontakt zu treten, um eine Allianz zu bilden. Durch diese Zusammenarbeit wollte er seine Möglichkeiten zur Mobilisierung und zum Widerstand gegen die römischen Autoritäten erweitern und gleichzeitig Saulus und seine Verfolger unter Druck setzen.

Durch diesen umfassenden Plan würde Barabbas nicht nur Saulus' Bemühungen vereiteln, sondern auch seine eigene Position und die Macht der Bande festigen. Er setzte auf Informationskontrolle, Täuschung, Vorbereitung und die Bildung von Allianzen, um die Weichen für seinen nächsten Schritt zu stellen. Barabbas war entschlossen, das Spiel um Macht und Einfluss zu gewinnen, und jedes Detail seines Plans war darauf ausgelegt, ihn einen Schritt voraus zu sein.

Barabbas schien der Plan erst einmal ausreichen, um diesen Paulus eine Weile zu beschäftigen. ‚Wegen eines Jägers lässt sich doch ein Wolf nicht den Abend verderben!‘ dachte er bei sich. So begab er sich mit drei seiner Leute in eine nahe Kaschemme. Kaum hatte sie Getränke geordert, fing einer wieder mit Jesus an.

Gedanken über Jesus … ‚Menschensohn‘

Aaron, einer der drei fragte unvermittelt, „Habt ihr von diesen Jesus uns seinen Endzeitreden gehört? **Jesus** sagte, „Wenn ihr nun den Gräuel der Verwüstung an der heiligen Stätte sehen werdet, wovon gesagt ist durch den Propheten Daniel – wer das liest, der merke auf! –, dann fliehe auf die Berge, wer sich in Judäa befindet; und wer auf dem Dach ist, der steige bloß nicht hinunter, um etwas aus seinem Hause zu holen; und wer auf dem Feld ist, der kehre nicht wieder zurück, um seinen Mantel zu holen.
Wehe sollen die Schwangeren und den Stillenden in jenen Tagen erfahren! Und bittet darum, dass eure Flucht nicht im Winter oder am Sabbat geschehe.

Denn es wird dann eine große Not kommen, wie sie nimmer gewesen ist vom Anfang der Welt bis heute und auch nicht wiederkommen wird. Und wenn jene Tage nicht verkürzt würden, so würde kein Mensch gerettet werden; aber um der Auserwählten willen werden diese Tage verkürzt. Wenn dann jemand zu euch sagen wird: Siehe, er ist der Christus! oder: Da! so glaubt es nicht. Denn es werden falsche Christusse und falsche Propheten auftreten und große Zeichen und Wunder tun, sodass sie, wenn es möglich wäre, auch die Auserwählten verführten. Siehe, ich habe es euch vorausgesagt. Wenn sie also zu euch sagen werden: Seht, er ist in der Wüste! So geht nicht hinaus; siehe, er ist drinnen im Haus! So glaubt es nicht. Denn wie der Blitz vom Osten ausgeht und leuchtet bis in den Westen, so wird auch das Kommen des Menschensohns sein. Wo Aas ist, da sammeln sich bekanntlich die Geier."

Die vier Männer saßen im Schatten eines Olivenbaums, der in der Mitte der Kaschemme stand und durch ein Loch in der Decke ins Freie wuchs – die oberen Äste schwankten sanft im Wind, als Aaron seine Worte sprach. Die Sonne war bereits tief am Himmel und malte goldene Streifen über die Landschaft Judäas.

Neugier und Nachdenklichkeit ergriffen die Gruppe, als sich die Diskussion um die Worte Jesu entspann.

Aaron: „Ich sage euch, das, was er sagte, ist alarmierend. Wenn die Zeit der Not kommt, wie er es beschreibt, müssen wir bereit sein! Die Römer, die Juden, die ganze Welt – es betrifft uns alle."

Simon: (der Dritte im Bunde) „Doch was ist mit der Jerusalem? Es scheint, als würde er speziell von der heiligen Stätte sprechen. Die Römer haben sie entweiht. Ist das nicht ein Zeichen, dass es für uns hier gilt? Wenn die Gräuel der Verwüstung in Jerusalem erscheinen, sollten wir darüber nachdenken, was das für unser Volk bedeutet."

Levi: (der Vierte) „Aber Aaron hat recht. Es wird nicht nur Jerusalem treffen. Seine Drohung ist universell. Wenn er von falschen Christussen spricht, ist es wichtig, über den Tellerrand hinauszuschauen. Uns können überall in der Welt falsche Propheten begegnen, die das Chaos der Endzeiten ausnutzen werden."

Aaron: „Und denkt an die Worte über die Flucht! ‚Wenn ihr in Judäa seid, flieht auf die Berge!' Es ist, als würde er uns aufrufen, uns zusammenzuschließen. Es ist nicht genug, nur für uns selbst zu sorgen. Wir müssen einander helfen, den Gefahren zu entkommen."

Miriam: (eine zufällige Zuhörerin) „Ja, die Verbindung zu den Schwangeren und Stillenden ist auch bedeutsam. Ihr müsst euch vorstellen, wie schrecklich es für sie sein muss! Wie werden sie ihre Kinder schützen können? Wir sollten die weniger Starken im Auge behalten, denn sie werden die ersten sein, die leiden, wenn das Unheil kommt."

Barabbas: (drehte sich zu Miriam) „Verzieh dich!" …
Sie ging.

Simon: „Aber was ist mit den Zeichen? Jesus sprach, als käme das Kommen des Menschensohns wie ein Blitz. Das klingt, als würde es ein schnelles, unmissverständliches Zeichen für uns alle sein. Glaubt ihr nicht, dass wir dann zum Handeln aufgefordert sind? Was, wenn es tatsächlich noch lange dauert und wir uns auf die Lauer legen?"

Levi: „Ich wette, die Zeit spielt eine Rolle, Simon. Er betont die Notwendigkeit, wachsam zu sein. Wenn wir zu lange warten, könnte es zu spät sein. Er sagt, dass wir uns nicht ablenken lassen dürfen – wer auf dem Dach ist, soll nicht zurückkehren. Das zeigt, dass Flucht nötig ist – und zwar schnell."

Aaron: „Ich verstehe die Furcht, die diese Worte hervorrufen, aber sie motivieren uns auch, zusammenzuhalten. Wir müssen einander unterstützen und darauf vorbereitet sein, egal ob die Gefahr von den Römern oder etwas Größerem ausgeht."

Levi: „Ich frage mich aber, was die Bedeutung von ‚Aas und Geier' ist. Es schien, als würden die, die Cherubim und Visionen suchen, auf etwas Verlockendes warten, das sie in die Irre führt. Es ist eine Warnung, die uns daran erinnert, dass nicht alles das ist, was es zu sein scheint."

Simon: „Also ist es unsere Verantwortung, wachsam zu bleiben und nach echtem Verständnis zu suchen. Wir müssen die Prophezeiungen deuten, die er uns gegeben hat. Aber wie können wir sicherstellen, dass wir nicht betrogen werden?"

Aaron: „Durch Gemeinschaft und Verständigung. Wir müssen ständig im Gespräch bleiben, beobachten, was geschieht, und unsere Erkenntnisse teilen. Nur so können wir sicher sein, dass wir nicht die Auserwählten sind, die verführt werden – durch falsche Botschaften oder falsche Personen."

Barabbas: „Das ist doch alle Unfug. Letztlich kann niemand für uns die Entscheidungen treffen. Wenn die Zeit kommt, müssen wir mit Glauben und Mut handeln. Damit wir, egal was passiert ist, vorbereitet sind und den Menschen um uns helfen können."

Aaron: „Dann lasst uns darauf vorbereitet sein, was auch kommen mag. Gemeinsam sind wir stärker, und gemeinsam werden wir der Herausforderung begegnen."

Barabbas: „Hat dieser Jesus noch mehr gesagt?"

Aaron: Das hat er: Gleich nach der Bedrängnis in diesen Tagen wird die Sonne sich verfinstern und der Mond dunkel werden, und die Sterne werden vom Himmel herabfallen und die Kräfte der Himmel werden ins Schwanken kommen. Und dann wird das Zeichen des Menschensohns am Himmel erscheinen. Und dann werden wehklagen alle Völker der Erde und werden den Menschensohn sehen kommen auf den Wolken des Himmels mit gewaltiger Kraft und Herrlichkeit. Und er wird seine Engel mit hellen Posaunen senden, und sie werden seine Auserwählten sammeln von den vier Winden, von einem Ende des Himmels bis zum anderen."

Barabbas: „Da haben wir es. Jesus kündete sich als den mächtigen Menschensohn an, aber die allen waren natürlich alle falsche Propheten. Wie durchsichtig."

Simon: „Barabbas, du siehst nur das Offensichtliche! Wir können seine Worte nicht einfach abtun. Denke an die alten Schriften – an die Prophezeiungen in Jesaja und Daniel. Sie sprechen von einem Messias, der kommen wird, um sein Volk zu retten. Es könnte tatsächlich eine Erfüllung dieser Verheißungen sein!"

Levi: „Richtig, Simon! Wir dürfen die Hoffnung, die wir aus den Texten haben, nicht verlassen. Die Zeichen, die Aaron zitiert hatte, könnten wichtige Hinweise auf das, was kommen mag, sein. Es ist nicht nur heißer Wind oder leere Worte. Es gibt tiefere Bedeutungen, die wir erkunden sollten."

Simon: „Denkt auch daran, dass uns die Tradition lehrt, geduldig zu sein. Unser Volk hat viele Prüfungen durchlitten und doch nicht den Glauben verloren. Vielleicht ist Jesus derjenige, der uns zu dem versprochenen Nachfolger führt, den wir so lange erwartet haben. Wir müssen nach Zeichen Ausschau halten, aber sie auch mit Ehrfurcht und Respekt deuten."

Barabbas: „Aber warten wir nicht bereits zu lange? Der Messias, wenn er kommt, wird nicht nur Worte sprechen. Er wird handeln, uns von der römischen Unterdrückung befreien und unser Land anführen. Ja, er mag Posaunen schicken, aber was ist mit den Schmerzen, die wir jetzt ertragen? Was bringt es uns, auf einen zu warten, der vielleicht nie kommt?"

Aaron: „Doch genau das könnte die Herausforderung sein, Barabbas! Der Weg des Glaubens ist oft geschützt durch Prüfungen. Vielleicht müssen wir durch die Dunkelheit gehen, um das Licht zu finden. Und die Zeichen können unsere Hoffnung lebendig halten. Wir müssen die Möglichkeit in Betracht ziehen, dass Jesus derjenige ist, auf den wir gewartet haben."

Simon: „Jeder Prophet des Alten Testaments hat Schwierigkeiten und Anfechtungen erlebt. Denkt an Mose, der gegen die Ägypter kämpfte, oder an die Propheten, die oft verfolgt wurden. Wenn echte Veränderung kommen soll, muss das oft durch Leiden und Widerstand geschehen. Vielleicht ist das, was wir jetzt sehen – die Dunkelheit vor dem Licht!"

Levi: „Aber wir müssen auch wachsam sein. Es gibt viele, die sich als die Wahrheit ausgeben. Jesus hat uns gewarnt. Wir müssen sowohl die Beobachtungen in der Welt um uns herum als auch unsere inneren Überzeugungen vereinen, um die wahre Botschaft herauszufinden."

Barabbas: „Ja, das stimmt. Ich möchte nicht verblendet sein. Aber wir sollten auch die Realität berücksichtigen; die Gefahren, die uns umgeben. Der Menschensohn mag kommen, aber was können wir tun, während wir warten? Sollen wir uns verbergen und hoffen oder sollten wir uns zusammentun und gegen die Unterdrückung kämpfen?"

Levi: „Beides kann wichtig sein, Barabbas! Wir können nicht nur passiv warten – wir müssen uns vorbereiten. Unsere Entscheidungen und unser Handeln sollten uns darauf hinweisen, was wir für die Zukunft aufbauen wollen. Wenn der Menschensohn kommt, wird er ein Volk finden wollen, das bereit ist, ihm zu folgen!"

Aaron: (grinst) „Dann geh in seine Armee, nur mit schönen Besäufnissen ist dann nichts mehr. Da heißt es Gebet statt eines Kruges Wein."

Der Nachmittag verging, während sie in Gedanken vertieft waren, und die Diskussion über Glaube, Hoffnung und die Herausforderungen der kommenden Zeit in der Hitze des Tages weiterging.

Nach einer Weile sagte Barabbas: „Ich bin gespannt, was wir von Paulus zu erwarten haben?"

Sie nicken sich zu und trennen sich.

Der Schlag des Saulus

Saulus saß in einem kleinen, schummrigen Raum in Jerusalem, umgeben von seinen engsten Vertrauten. Auf einem Tisch vor ihm lagen Karten der Stadt und Notizen, die die Bewegungen von Barabbas und seiner Bande aufzeichneten. Das Gewicht der Verantwortung lastete auf seinen Schultern, doch er war entschlossen, einen durchdachten und effektiven Schlag zu führen, um Barabbas' Einfluss zu brechen, selbst wenn er den Anführer selbst nicht fangen konnte.

Saulus ahnte, dass Barabbas seinen Männern beigebracht hatte, sich in kleinen Gruppen zu bewegen und nie alle zusammen zu sein. Um dies auszunutzen, plante er, den Angriff auf mehrere kleine Gruppen innerhalb der Stadt zu koordinieren. Zufällig verteilte Informationen über den Untergrund und die Verstecke der Banditen würden Barabbas' Struktur zerschlagen.

Saulus überlegte, welche Orte für die Bande strategisch nützlich waren – bestimmte Tavernen, Lagerstätten und geheime Rückzugsorte. Er legte einen Plan auf, um an jeder dieser Stellen gleichzeitig zuzuschlagen, sodass sich Barabbas und seine Männer nicht rechtzeitig sammeln konnten, um sich zu verteidigen oder zu fliehen.

Saulus berief seine bewaffneten Gruppen und Informanten zusammen. Er erklärte seine Pläne detailliert und forderte sie auf, ihre Positionen pünktlich einzunehmen. Die Koordination war entscheidend, um Verwirrung zu stiften und Barabbas' Bandenmitglieder in die Enge zu treiben. Alle Soldaten sollten in kleinen Trupps agieren, um die Wahrscheinlichkeit eines schnellen Zugriffs zu erhöhen.

In der Dämmerung, als der Mond hoch über Jerusalem stand, gab Saulus das Zeichen zum Zugriff.

Die Soldaten bewegten sich lautlos durch die Gassen, jeweils in kleinen Gruppen zu den vorab festgelegten Zielen.

An den ersten beiden Standorten überraschten sie die Bandenmitglieder, die ahnungslos Karten spielten oder sich auf neue Pläne vorbereiteten. Die Bewaffneten stürmten mit einem markanten Ausruf, der sofort für Chaos sorgte. „Römer! Niemand bewegt sich!" Die klare Kommandostruktur schüchterte die Gangmitglieder ein und sorgten dafür, dass viele von ihnen in erster Reaktion verunsichert wirkten.

Während die Bewaffneten in die Verstecke und Treffpunkte eindrangen, arbeiteten sie effizient. Jeder, der sich nicht sofort ergab, wurde gefangen genommen oder seiner Waffen beraubt. Die Taktik der plötzlichen Überwältigung und der Überzahl war entscheidend.

Als die Gerüchte des Überfalls sich ausbreiteten, begannen einige Bandenmitglieder, wild zu fliehen. Saulus hatte darauf gewartet. Er ließ einige Trupps, die in strategisch günstigen Positionen warteten, die Flüchtenden abfangen. So mussten sich Barabbas' Männer auf verschiedene Fronten konzentrieren und wurden dadurch weiter geschwächt.

Obwohl er Barabbas nicht gefangen nehmen konnte, war es Saulus gelungen, viele Mitglieder der Bande festzunehmen und einen massiven Schlag gegen die Organisation zu führen. Er gab den Befehl, sich zurückzuziehen, bevor Barabbas und die restlichen Mitglieder der Bande reagieren konnten.

Als die Straßen von Jerusalem wieder zur Ruhe kamen, wurde jeder Gefangene befragt. Saulus stellte eine Liste von Namen und Informationen zusammen, um die Verstrickungen der Bande weiter zu entschlüsseln und Barabbas weiter zu verfolgen.

Saulus' Überfall war eine taktische Meisterleistung, die nicht nur die Macht von Barabbas erheblich schwächte, sondern auch die Bewegung und die Moral der Bande destabilisierte. Auch wenn Barabbas in der Dunkelheit entglitt, war Saulus sich sicher, dass er ihn eines Tages fassen würde – unter den dunklen Orten der Stadt, wo sich Gerüchte und Taten kreuzen.

Barabbas' Racheplan

Barabbas, von der letzten Niederlage gezeichnet und voller Wut, versammelte seinen Planungskreis in seinem geheimen Versteck – einem alten, verwitterten Lagerhaus am Rand von Jerusalem. Die Atmosphäre war geladen, und die Gesichter seiner Männer spiegelten sowohl Angst als auch Entschlossenheit wider. Er wusste, dass sie einen Neuanfang brauchten, und sein geplanter Racheakt gegen die Römer sollte nicht nur ihre Wunden heilen, sondern auch etwas Größeres bewirken – den Zorn des Volkes zu entfachen.

Barabbas begann sofort damit, ein Netzwerk von neuen Mitgliedern zu rekrutieren – vor allem aus der Unterwelt Jerusalems. Mit den finanziellen Mitteln,

die er sich durch Raubzüge und Erpressung be-
schafft hatte, stellte er ein Rekrutierungsteam zusammen, das sowohl erfahrene Diebe als auch junge, unerfahrene Kriminelle anwarb. Jeder, der bereit
war, gegen die Römer und die jüdischen Führer zu
kämpfen, wurde aufgenommen.

Um das Volk gegen die Römer und ihre Kollabo-
rateure zu mobilisieren, plante Barabbas eine Serie
von geheimen Treffen und Versammlungen im Untergrund. Er setzte auf charismatische Redner aus
seiner Gruppe, die die Menschen mit Geschichten
über römische Unterdrückung und Ungerechtigkeit
inspirieren sollten. Diese spontane Propaganda sollte die Unzufriedenheit in der Bevölkerung anfachen
und den Wunsch nach Rache entwickeln.

Barabbas plante eine Reihe von Überfällen auf kleinere römische Posten und Versorgungslager innerhalb und um Jerusalem. Ziel der Überfälle war nicht
nur die Beschaffung von Waffen und Vorräten, sondern auch die Abschreckung der römischen Soldaten. Er setzte auf Schnelligkeit und Überraschung,
um die Übermacht der Römer zu vermeiden und
gleichzeitig den Eindruck von Stärke und Entschlossenheit zu vermitteln.

Um den Druck auf die jüdischen Führer, die mit den
Römern zusammenarbeiteten, zu erhöhen, beab-
sichtigte Barabbas, gezielte Einschüchterungsaktio-
nen durchzuführen. Dies beinhaltete das Versenden
von Drohbriefen, das Anzünden von Symbolen in deren Wohnvierteln und das gezielte Anvisieren von

Familienmitgliedern hochrangiger Führer, um eine Atmosphäre der Angst zu erzeugen. Diese Taktik sollte die Führer zwingen, sich öffentlich gegen die Römer zu positionieren, um ihren eigenen Einfluss und ihre Sicherheit zu wahren.

Barabbas träumte von einem großflächigen Aufstand, einer vereinten Aktion, die nicht nur seine Bande, sondern auch andere aufständische Gruppen in Jerusalem einbeziehen sollte. Er wollte ein geheimes Treffen mit den Führern anderer Rebellengruppen initiieren, um einen koordinierten Angriff auf römische Einrichtungen und Beamte zu planen. Der Plan sah vor, den Aufstand an einem symbolträchtigen Tag zu beginnen – etwa während des großen Passahfestes, wenn viele Menschen auf der Straße und die römischen Truppen abgelenkt waren.

Um an wertvolle Informationen zu gelangen, plante Barabbas, Informanten innerhalb der römischen Verwaltung zu gewinnen. Er setzte die besten Überredungskünste und sein Geld ein, um Männer zu gewinnen, die bereit waren, ihm zugetragene Informationen über Truppenbewegungen, Waffenlager und Pläne der römischen Kommandanten zu liefern. Diese Insiderinformationen sollten ihm helfen, den Überfall noch gezielter und wirkungsvoller zu gestalten.

Um die Moral seiner Männer zu stärken und den Kampfgeist zu erwecken, plante Barabbas rituelle Handlungen und Versammlungen, bei denen die Männer an ihre heiligen Überzeugungen und den gemeinsamen Traum eines freien Jerusalem erinnert werden sollten. Diese Zusammenkünfte sollten auch ihre Loyalität zu seiner Sache und zueinander festigen.

Barabbas war fest entschlossen, seine Pläne während der nächsten Monate umzusetzen. Er wollte nicht nur Rache an den Römern nehmen, sondern auch ein Zeichen setzen, das die Juden ermutigen und wiederverbinden würde. Es sollte Tag für Tag etwas geschehen. Die Idee, den Kampf für Freiheit und Gerechtigkeit zu führen, pulsierte in seinem Herzen – und er war bereit, alles zu riskieren, um seine Ziele zu erreichen. Der Plan war ehrgeizig, aber in der Unruhe der Stadt fand er einen fruchtbaren Boden für seine Ambitionen. Rache würde es geben, und Jerusalem sollte aufstehen!

Der Gegenschlag des Saulus

Die Tage vergingen und Barabbas' Pläne nahmen Gestalt an. Zwar verunsicherten die ständigen Vorbereitungen und die schwelende Angst vor dem Verrat von innen, doch die Vorfreude auf den großen Aufstand ließ die Männer brennen. In den dunklen Gassen Jerusalems schmiedeten sie ihre Waffen und schärften ihre Klingen, während sie sich auf die entscheidenden Tage vorbereiteten.

In dieser angespannten Atmosphäre hatte Saulus, Verfolger der Rebellion in Jerusalem, dem der unstillbare Wille zum Erfolg zu eigen war, Wind von Barabbas' Plänen bekommen. Getrieben von seinem Glauben, dass er den Willen Gottes verkörperte, war Saulus fest entschlossen, die drohende Gefahr für das

106

jüdische Volk und vor allem für die Ordnung, die die Römer aufrechterhielten, zu beseitigen. Er wusste, dass er schnell handeln musste, bevor Barabbas und seine Rebellen ihre Aktionen in die Tat umsetzten.

Mit seinen treuen Anhängern plante Saulus einen Gegenschlag. Es gelang ihm, Informationen über das geheime Treffen der Rebellen von einem unterrichteten Bürger zu erhalten, der in der Vorstadt lebte und unglücklich über die Zerstörung seiner Heimat durch die Kämpfe war. Saulus nutzte sein Charisma und seine Überzeugungskraft, um diese Informationen in entscheidende Schritte zu verwandeln.

In der Nacht vor dem geplanten Aufstand bewachte Saulus' engster Kreis persönlich die Straßen, die zu dem versteckten Treffpunkt führten, an dem Barabbas seine Anführer versammeln wollte. Er hatte eine Gruppe aus vertrauenswürdigen Männern um sich geschart, die mit gezielten Schlägen und schnellen Überfallaktionen für Durcheinander sorgen sollten, sobald der Rebellenführer und seine Anhänger sich versammelten.

In den frühen Morgenstunden, während die ersten Sonnenstrahlen über den Dächern Jerusalems auftauchten, versammelten sich die Rebellen in einem alten Steinbruch am Rande der Stadt. Barabbas sprach voller Leidenschaft von Freiheit und dem kommenden Aufstand; seine Worte brannten wie Feuer in den Herzen seiner Männer und entfachten einen unstillbaren Durst nach Rache. Doch plötzlich durchbrach das helle Licht der Fackeln, das Signal für den geplanten Angriff, die Dunkelheit der Morgenstunden.

Mit einem dröhnenden Trommelwirbel rundum stürmten Saulus und seine Männer aus den Deckungen. Die überraschten Rebellen waren noch mit ihrem geschlossenen Kreis beschäftigt, als sie die jüdischen Soldaten in den dicken Schatten der Steinbrüche entdeckten. Es gab ein totales Chaos. Schreie hallten durch die Luft, als die ersten Kämpfe entbrannten. Man hörte das Klirren von Klingen und auch fröhliche Rufe von Widersachern, die sich fordernd und mutig zeigten.

Barabbas, zunächst verwirrt über den unerwarteten Angriff, schloss schnell seine Reihen und versuchte, seine Männer zu ordnen. „Für Freiheit und Jerusalem!" rief er, als er in den Kampf stürzte und seine Waffe zog. Der Schock über den Überfall blieb nicht lange bestehen; schnell verwandelte sich der verunsicherte Haufen in ein wütendes Gewühl aus Kämpfern, die für ihre Sache einstanden.

Doch Saulus' Männer waren gut koordiniert und motiviert. Sie hatten das Element der Überraschung auf ihrer Seite und wussten, wie man einzelnen Rebellen beseitigte, bevor sie sich sammeln konnten. Barabbas bemerkte, dass ein paar seiner engsten Vertrauten verwundet zu Boden sanken, während andere in den Fängen der ausbrechenden Panik gefangen waren und abgesondert wurden.

Mit einer gezielten Strategie versuchte Barabbas, seine Leute zusammenzuhalten und erbeutete Waffen der Gegner zu nutzen. „Rückzug!" befahl er schließlich, als er bemerkte, dass der Kampf gegen die Übermacht der römischen Verbündeten verloren war. Ein Rückzug war das Einzige, was ihnen blieb, um ihre Kräfte zu sammeln.

In der Nacht, als die ersten Überreste des Kampfes verschwunden waren, ließ sich Saulus keuchend auf einen Stein nieder und sah auf den untergehenden Sonnenball. Dies war ein Sieg, aber der Kampf war noch lange nicht zu Ende. Er wusste, dass Barabbas nicht einfach aufgeben würde und dass die kommenden Tage nur noch brutaler werden könnten.

Auf der anderen Seite, in den Ruinen des Steinbruchs, schlichen sich die Überlebenden von Barabbas zurück in die vertrauten Gassen Jerusalems. Der bittere Verlust brannte in ihren Herzen, aber die Flamme des Widerstands war noch lange nicht erloschen. Barabbas, blutig und erschöpft, wusste, dass sie sich neu organisieren müssten, um die nächste Stufe ihrer Rebellion einzuleiten. Aber er wusste auch, dass Jerusalem voller Menschen war, die die Römer und die jüdischen Führer, die sich ihnen andienten, hassten. Rache war ihnen eine Grundbedürfnis, und der Zusammenhalt der Rebellen würde nur noch stärker werden, wenn sie sich wieder versammelten.

In der Dunkelheit der Nacht zogen sie sich zurück und begannen, ihre Wunden zu lecken und neue Pläne zu schmieden. Die Nacht war nicht die letzte Schlacht gewesen, und das Feuer des Aufstandes in ihren Herzen war keineswegs erloschen. Jerusalem brannte noch immer, und Barabbas war entschlossen, die Flamme der Freiheit weiter zu nähren.

Vergeltung

Barabbas saß nach seinem Rückzug in der Dämmerung in einem alten Versteck, umgeben von den wenigen Überlebenden des gescheiterten Aufstands. Die Wände waren feucht und erklangen von den leisen Stimmen seiner Gefährten, die ihre Verletzungen versorgten und über die jüngsten Ereignisse diskutierten. Doch Barabbas' Geist war bestimmt von Plänen, Strategien und vor allem von dem brennenden Wunsch nach Rache.

Der erste Schritt: Neue Männer rekrutieren

Am nächsten Abend würde er durch die Gassen von Jerusalem gehen, um neue Verbündete zu finden. Er wusste, dass die Stadt voller unzufriedener Männer war – Fischer, Handwerker, Jungs, die des römischen Jochs überdrüssig waren. Sie alle hatten das Bedürfnis, sich gegen die Unterdrückung zu erheben. Er würde sie finden, ansprechen und überzeugen, sich ihrer Sache anzuschließen.

Barabbas hatte vor, das Herz der Stadt zu durchstreifen, die Orte aufzusuchen, an denen sich die Unzufriedenen versammelten: die Märkte, die Werkstätten und die Tempeltore. Ein Leben lang hatte er mit solchen Menschen zusammengelebt. Er wusste nur zu genau, was sie wollten. Er würde ihnen die Vision eines freien Jerusalems anbieten – ein Ort, an dem ihre Stimmen gehört und ihre Taten gewürdigt würden. Die verlorenen Freunde und Verbündeten, die an diesem schmerzhaften Morgen gefallen waren, sollten nicht umsonst gefallen sein.

Der zweite Schritt: Den Verräter ermitteln

Neben der Rekrutierung neuer Kämpfer musste Barabbas den Verräter ausfindig machen, der ihre Pläne offenbarte und den Überfall des Saulus ermöglicht hatte. Misstrauen schlich sich in die Reihen der Überlebenden ein; jeder konnte ein potenzieller Spion sein. Doch die Angst war kein guter Ratgeber. Barabbas wusste, dass er klug vorgehen musste, um denjenigen zu entlarven, der dieses Blutvergießen zu verantworten hatte.

Er plante, seine besten Männer zusammenzurufen, um ein geheimes Treffen abzuhalten. Dort würden sie jeden einzelnen im Kreis befragen und die Augen der Männer beobachten. Er hatte gelernt, den falschen Glanz der Augen zu deuten. Das hatte ihm immer sein Überleben gesichert. Barabbas war ein Mann des Volkes, und er kannte die Gesichter derer, die um ihn waren. Ihre Körpersprache, ihre Reaktionen und vor allem ihre Loyalität würden ihm den nötigen Hinweis geben, wer ihm nicht treu war.

Der dritte Schritt: Vergeltung …

Die Vorstellung, sich zu rächen, war wie ein Gift in seinen Adern, das Pulsieren und Zucken. Rache war unvermeidbar; die Kränkungen, die Schmach und das Versagen, ihre Freiheit erkämpfen zu können, mussten ein Ende finden. Saulus und seine Männer würden niemanden ungestraft davonkommen lassen.

Barabbas stellte sich vor, wie sie das Lager von Saulus überfallen könnten. Sicher war es kein einfacher Plan, und sie mussten mit Bedacht vorgehen. Denn dieser Saulus schien gut organisiert zu sein. Ein ebenbürtiger Gegner dachte er … und spürte selbst den Hochmut, der sich aus diesen Gedanken herauswand. Er wusste genau, dass er sich das nicht leisten konnte. Hochmütige Menschen werden selbstgefällig … und irgendwann Opfer dieses Hochmuts.

Hatte nicht Jesus solch eine Geschichte erzählt?

Vom treuen und vom bösen Knecht

‚Wer ist nun der treue und kluge Knecht, den der Herr über sein Gesinde gesetzt hat, dass er sie zur rechten Zeit speise? Selig ist der, den sein Herr, wenn er kommt, das tun sieht. Und Jesus sprach: „Wahrlich, ich sage euch: Er wird ihn über seine ganzen Güter setzen. Wenn aber dieser Knecht sich sagt: Der Herr kommt lange nicht, und schlägt seine Mitknechte, isst und trinkt mit den Säufern, dann wird der Herr des Knechts kommen, wenn er's nicht erwartet, zu einer Stunde, in der er mit ihm nicht rechnet, und er wird ihn in schlagen und verjagen, den Heuchler; dann wird man sehen Heulen und Zähneklappern.'

Er wusste, diese Parabel vom treuen und vom bösen Knecht, bot eine tiefe Einsicht in Themen wie Verantwortung, Loyalität und die Gefahren der Selbstzufriedenheit. Sie ist Teil der Lehren Jesu ist als eine Mahnung an alle zu verstehen, die in Positionen von Verantwortung stehen.

Die zentrale Botschaft ist: Es geht um Treue und Verantwortung. Der „treue und kluge Knecht" steht symbolisch für jemanden, der seine Verantwortung gewissenhaft erfüllt. Diese Figur wird vom Herrn – dem, der die Autorität hat – gesetzt, um im richtigen Moment seinen Mitknechten – den anderen Arbeitnehmern – zu dienen. Das Bild des Gebens von Speise zur rechten Zeit unterstreicht die Bedeutung von Fürsorge und der Erfüllung von Pflichten. Der Segen, den der treue Knecht erhält, zeigt, dass Treue und Hingabe honoriert werden.

Selbstzufriedenheit und Vernachlässigung beschreiben hingegen - im Gegensatz dazu - den „bösen Knecht", jene also, die in ihrer Position nachlässig werden und in ihrer Selbstzufriedenheit gefangen sind. Der Ausdruck „Mein Herr kommt noch lange nicht" deutete auf eine gefährliche Selbstüberschätzung und den Glauben hin, dass man ohne Konsequenzen handeln kann. Indem er seine Pflicht vernachlässigt, wird der böse Knecht unzufrieden und beginnt, anderen zu schaden – er schlägt seine Mitknechte und verkehrt mit den Betrunkenen.

Die *Konsequenzen* des Fehlverhaltens: Es wird deutlich, dass der böse Knecht mit einem überraschenden und unerwarteten Gericht des Herrn rechnen muss. Der Moment, in dem sein Herr zurückkommt, ist unvorhersehbar, was die Dringlichkeit betont, stets tüchtig und verantwortlich zu handeln. Die strenge Bestrafung des bösen Knechts, der geschlagen, verjagt und „bei den Heuchlern" platziert wird, zeigt die ernsten Konsequenzen für Untreue und Missbrauch von Autorität.

Die Geschichte zielt insbesondere auf die **Gefahren der Selbstzufriedenheit und der Arroganz** ab. Der böse Knecht repräsentiert eine Einstellung, die glaubt, in ihrer Position gefestigt zu sein und annimmt, dass die eigene Macht oder der eigene Status unantastbar ist. Diese Selbstsicherheit kann dazu führen, dass man seine Verantwortung vernachlässigt und andere schlecht behandelt, weil man glaubt, keine sofortigen Konsequenzen fürchten zu müssen.

Diese Erzählung dient also als Warnung, dass diejenigen, die sich in Machtpositionen befinden oder Verantwortung tragen, stets wachsam und gerecht handeln müssen. Der Verlust von Integrität und das Abdriften in Selbstsucht kann katastrophale Folgen haben – nicht nur für denjenigen selbst, sondern auch für die Gemeinschaft, die man zu führen hat.

‚Was für ein kluger Kopf', dieser Jesus, dachte Barabbas, es ging um die Einstellung, mit der wir unsere

Verantwortung wahrnehmen, und die eine unmittelbare Auswirkung haben. Treue und Klugheit sind Werte, die nicht nur belohnt, sondern auch notwendig sind, um Missbrauch und Ungerechtigkeit zu verhindern. Es ist eine Einladung, selbstreflektierend zu sein und daran zu arbeiten, verantwortungsbewusste und aufmerksam zu werden, anstatt in Selbstzufriedenheit und Missbrauch von Macht zu verfallen. … Barabbas musste sich also zügeln. Die selbstgefälligen Römer waren so … bis sie einen Dolch eines Sikariers im Leib haben.

Ein Überraschungsangriff in einer der kalten Nächte könnte genau das sein, was sie brauchten, um die Wogen zu glätten und den Mann zu erlegen, dessen Name für Schrecken und Unterdrückung stand.

Mit diesen Gedanken verbrachte er die Nacht. Barabbas ruhte einige Stunden, dann mischte er sich unter die Zivilbevölkerung, schloss sich in der Dunkelheit der Straßen mit anderen zu unauffälligen Gruppen zusammen, und wie ein Spion beobachtete er, wo sich die Unzufriedensten versammelten.

Er sprach mit einem alten Mann, einem ehemaligen Soldaten, der von dem römischen Joch desillusioniert war. „Wir kämpfen nicht nur für uns", sagte Barabbas mit fester Stimme. „Wir kämpfen für unsere Söhne und Töchter, für die Zukunft dieser Stadt."

Der Mann nickte, fraß seine Wut in sich hinein und murmelte, dass Barabbas mit seinen Worten tief in ihm eine Flamme entfachte. Die Verzweiflung führte zu einer lang vermissten Entschlossenheit. Barabbas wusste, dass es nur eine Frage der Zeit war, bis das Feuer auf andere übergreifen würde.

Am nächsten Abend versammelten sich in der Dunkelheit mehr Männer – viele noch mit den Narben und der Last des gerade erlebten Kampfes. Barabbas stellte ihnen seinen Plan vor: „Männer von Jerusalem, wir sind keine Schafherde, die umhergeführt wird, bis die Messer kommen! Ich rufe euch, um unser Schicksal selbst zu bestimmen!"

Mit jedem Wort, das er sprach, schwoll die Menge an; in ihren Augen flackerte eine Flamme des Widerstands. Als sich die Stimmen der Männer erhoben, erfüllte ein geballtes Gefühl der Gemeinsamkeit den Platz. Barabbas wusste, dass sie jetzt auf dem richtigen Weg waren.

Prozesse der Rekrutierung und die bevorstehenden Entscheidungen über die Identität des Verräters waren noch zu bewältigen. Dennoch war die Eruption des Mutes ein entscheidender Anstoß für Barabbas und seine Männer. Ein Unglück hatte sie zu einem unaufhaltsamen Strom vereint, und das Wasser, das sie trennte, war nun am Kochen.

Am nächsten Tag begaben sie sich auf die Suche nach dem Verräter; ein Verhör folgte dem anderen, und die Männer wurden einer nach dem anderen vor das maßgebliche Urteil gestellt. Misstrauen, Angst, Loyalität – all diese Emotionen prägten die Atmosphäre.

Schließlich fiel sein Blick auf einen der Männer, der unruhig in den Ecken stand und den Blick oft abwendete. Der Zweifel wurde greifbar, und Barabbas entschied, das Risiko einzugehen. „Du, Stepanus! Schickst du Botschaften?"

Der Mann, der mit Schweiß bedeckt war und sich nicht traute, die Wahrheit erkennbar werden zu lassen, hatte keine Wahl; das Urteil war gefällt, das Vertrauen war vergangen. In dieser Entscheidung spürte Barabbas den Puls des Schicksals vor sich, und die Wut mobilisierte seine Männer.

Vor ihnen lag der unausweichliche Weg nach vorne – Rache an Saulus und den Römern und eine Stadt, die den Mut wiederentdecken musste. Barabbas sah gen Himmel, und mit der Entschlossenheit eines neuen Anführers, rief er die Rebellen zum Ergreifen ihrer Freiheit auf. Ein Wunsch, der in der Dunkelheit der Nacht entstand, bereitete sich darauf vor, in Flammen aufzusteigen.

Der Schlag gegen Saulus

Als die ersten Sonnenstrahlen über Jerusalem aufgingen und die Stadt in ein goldenes Licht tauchten, hatte Barabbas bereits seine Männer versammelt. Die Worte des alten Mannes, der sich zu ihm gesellt hatte, hatten Früchte getragen; sie hatten geflüstert, geschaut und sich umgehört. Mit einem gesicherten Plan und mutigeren Herzen wagten sie sich aus der Deckung.

Eine seiner treuesten Verbündeten, Mara, eine geschickte Diebin, hatte erfahren, dass Saulus sich mit seinen Männern in einem alten, verfallenen Gasthaus in der Stadtmitte aufhielt. Dieser Ort war bekannt als ein Treffpunkt für die römischen Wachen und ihre Verbündeten. Sie würde zu dem Gasthaus schleichen, um die genaue Anzahl der anwesenden Männer herauszufinden und Kontakt mit Barabbas aufzunehmen.

Barabbas war vor Aufregung kaum zu halten. Die Aussicht, seinen Erzfeind zu stellen und ihm die Folgen seines Handelns vor Augen zu führen, war verlockend. „Wir treffen uns vor Einbruch der Dunkelheit," befahl er seinen Männern, „und wenn wir sie finden, dann ziehen wir ohne Furcht los!"
Auch wenn Barabbas jetzt in einer solchen emotionalen Verfassung war, wusste er, dass nicht Saulus ein eigentlicher Feind war …

Barabbas lehnte an einer nassen Steinmauer, den Kopf gesenkt, während die Gedanken in seinem Kopf wirbelten. Der frische Schmerz des gescheiterten Überfalls war immer noch greifbar und pulsierte in seinen Adern wie ein verletzter Krieger, der nicht wusste, wie er sich zurückziehen sollte. Dennoch war es nicht die wütende Sehnsucht nach Vergeltung oder die Enttäuschung über Saulus, die ihn mehr beschäftigte.

„Saulus ist nicht mein eigentlicher Feind", murmelte er gedämpft und ließ seinen Geist in die Tiefe der Überlegungen gleiten. Kaum hörbar plärrten die

Stimmen seiner Männer in der Ferne, die sich mit der Realität arrangierten, während sie ihre Verwundeten versorgten. Aber in diesem Moment schien die Welt um ihn herum zu verschwommen, als würde er aus einer anderen Perspektive auf sie blicken.

Sein Feind war nicht Saulus, der aus tiefem Glauben und einer verzerrten Vision von Gerechtigkeit handelte. Der jüdische Spitzel war nicht der wahre Antagonist in dieser Erzählung; er war nur ein Werkzeug, ein Teil eines viel größeren Ganzen. Barabbas dachte an die Männer, die unter dem römischen Joch litten, die eingesperrt waren in einer Realität, in der ihre Würde nicht mehr geachtet wurde. Der eigentliche Feind war die Unterdrückung selbst, das System, das sich durch Angst und Einschüchterung nährte. Die römischen Legionen waren die Oberfläche, unter der sich das wahre Übel verbarg – die Gier, das Machtspiel, die Unmenschlichkeit, die Menschen wie Schachfiguren auf dem Brett des Lebens behandelten.

„Die Römer sind nicht nur die Soldaten, die wir bekämpfen", dachte er weiter und sah in seinem inneren Auge die müden Gesichter der Bürger Jerusalems. „Das System dieses Glaubens und der Macht, die sie aufrechterhalten, *das* ist unser Feind. Der wahre Kampf beginnt nicht mit einem Feuergefecht gegen Saulus oder die römischen Truppen. Der Kampf beginnt in den Herzen unserer Leute, in ihren Gedanken, in ihrem Glauben."

Barabbas spürte, wie die Wut in ihm schwand und sich ein tiefes Verstehen in seinem Herzen festsetzte. Wenn er sie wirklich befreien wollte – nicht nur von den Römern, sondern von der Angst und der Verzweiflung, die sie gefangen hielt – dann musste er mehr tun, als nur mit Schwert und Schild zu kämpfen. Er musste ein Feuer des Wandels entfachen, das die Menschen zusammenbrachte, sie inspiriert, sie aufweckte.

Er dachte an all die Gespräche, die sie führen könnten, an all die Gedanken, die sie austauschen könnten, an die Erinnerungen, die sie hervorrufen könnten, um die Hoffnung zurückzubringen. Sie mussten erkennen, dass sie Teil einer größeren Geschichte waren, dass sie nicht die Seite waren, die man einfach opfern konnte, sondern die Hauptdarsteller in ihrem eigenen Leben.

„Das nächste Mal, wenn ich Saulus gegenüberstehe – und ich werde ihn erneut gegenüberstehen –, werde ich nicht nur mit Zorn und Verzweiflung zuschlagen", murmelte er. „Ich werde ihm die Wahrheit zeigen. Denn was für ihn wie ein Kampf um Macht aussieht, ist für uns der Kampf um unsere Seele!"

Er erhob sich, die Entschlossenheit brannte in seinen Augen wie das Licht der Morgensonne, das durch das Dunkel des Untergangs brach. Es war Zeit, einen neuen Plan zu schmieden – einen Plan, der nicht nur auf Gewalt beruhte, sondern auch auf Idee und In-

spiration. Ein Plan, der die ganze Gemeinschaft an-
sprach und den Nährboden für einen echten Aufstand bereitete.

Während Barabbas sich seinen Männern näherte,
fühlte er die Last der Verantwortung als eine unbän-
dige Kraft. „Wir müssen reden. Wir müssen zusam-
menkommen", begann er mit fester Stimme und versammelte die Männer um sich. „Wir sind nicht nur
Rebellen; wir sind ein Volk. Und wenn wir unser Ziel
erreichen wollen, müssen wir nicht nur gegen den äußeren Feind kämpfen, sondern auch die inneren
Zweifel und Ängste überwinden. Lasst uns einen
Funken der Hoffnung entzünden – heute Nacht beginnt der Aufstand der Herzen!"

Am Rande der Dunkelheit versammelten sich die
Kämpfer, und in ihren Augen sah Barabbas den
Glanz der neuen Hoffnung, den Glauben an sich
selbst und an die Möglichkeit einer Freiheit, die weit
über das Physische hinausgeht. Einem Glauben, der
an die Stärke der Gemeinschaft gekoppelt war. In
diesem Moment wusste Barabbas, dass sie gemeinsam nicht nur Saulus besiegen konnten, sondern
auch das System, das ihr Leben so erbärmlich ein-
schränkte.

Ein neuer Tag brach an. Die Rebellen erhoben sich
nicht nur mit Waffen, sondern auch mit Visionen einer
besseren Welt. Ein Funke der Hoffnung wurde zu
einem Feuer, und Barabbas war entschlossen, fun-

kelnd in der Erbärmlichkeit der Dunkelheit zu leuchten, um nicht nur die Schwerter, sondern auch die Herzen zu erobern.

Als die Dämmerung fiel, schlichen sie sich, gut versteckt in ihren langen, dunklen Umhängen, auf das Gasthaus zu. Barabbas war der Meinung, dass die Dunkelheit ihnen einen Vorteil verschaffen würde. Er hatte einen guten Überblick darüber, wo die Wachen patrouillierten, und er wusste, dass dies der Moment war, auf den sie gewartet hatten.

Mit einem kurzen Nicken zu seinen Männern signalisierte Barabbas den Angriff. Sie stürmten vorwärts, ihre Klingen in den Händen, als sie die Türen des Gasthauses aufrissen und das Geschrei der überraschten Männer die Nacht erfüllte.

Die Kämpfe entbrannten schnell und das Chaos wurde durch den Geruch von Schwefel und Blut begleitet. Barabbas kämpfte mit einem wilden Zorn und einer Entschlossenheit, die ihn schon durch viele Schlachten getragen hatte. Er suchte nicht nur nach Saulus, er suchte die Gerechtigkeit für all das erlittene Unrecht.

Doch kurz bevor Barabbas Saulus finden konnte, geschah das Unerwartete. Durch das Geschrei und das Klirren der Waffen hindurch, hörte er einen lauten Befehlston eines römischen Offiziers: „Saulus, komm schnell! Wir müssen hier raus!" ein Panikschrei, begleitet von Kämpfen und wütendem Stöhnen.

Als Barabbas die Stimme hörte, durchfuhr ihn das Gefühl des Entsetzens. „Nein! Lass es nicht wahr sein!" dachte er. Er kämpfte sich durch die verworrenen Körper und verwundeten Männer; der Schweiß rann ihm über das Gesicht und seine Klinge schwang durch die Luft. Plötzlich entdeckte er Saulus, der sich mit mehreren Wachen am anderen Ende des Raumes herauskämpfte. Barabbas setzte alles auf eine Karte.

„Saulus!" brüllte er, seine Stimme schallte über den Tumult hinweg. Die Betonung des Namens hing in der Luft, als er das Bild seines Feindes sah, der in die Reichweite von Barabbas sprang. Doch in diesem Moment schloss sich ein Weg; die Wachen um Saulus formierten sich, um ihn zu schützen. Das Gedränge der Kämpfenden machte es fast unmöglich, durch sie hindurch zu dringen.

„Er kommt, er kommt!" schallte plötzlich ein Schrei durch die Luft, als ein neues Kontingent römischer Soldaten den Raum stürmte, und das Chaos wuchs. Barabbas fühlte, wie seine Chancen, Saulus zu erreichen, schwanden. In einem letzten verzweifelten Aufbäumen sah er zu, wie Saulus und die Wachen sich zu einem Fluchtweg zurückzogen.

„Wir müssen uns zurückziehen! Sofort!" brüllte Barabbas und zog sich schließlich zurück. Die Gewissheit in der Brust, dass das Gefühl des Unvollendeten sich verfestigte, während er die Kämpfe hinter sich ließ. Eine Bitterkeit durchpulste seine Adern, als sie flüchteten und in die Dunkelheit der Gassen eintauchten.

Vernichtete Träume

Die Nacht war voller verloren gegangener Gelegenheiten und gequirlter Träume. Etliche Männer, die ihm gefolgt waren, trugen die Wunden des Überfalls und der gelebten Trauer in sich. Der Rückzug war schwierig, die Enttäuschung und der Zorn klammerten sich an Barabbas wie eine Klette.

Robust, aber seelenlos, setzte er sich auf einen alten Stein, seine Gedanken ungebändigt. „Wir haben ihn nicht bekommen… wir hatten ihn in der Hand", murmelte einer seiner Männer. „Wenn wir nur die Eingangstür schneller hätten öffnen können."

„Es ist nicht vorbei", erwiderte Barabbas, der den Verfall im Raum spürte. „Dieser Kampf ist nicht vorbei, solange wir die rechte Entschlossenheit in unseren Herzen tragen."

Er wusste, dass Saulus entkommen war, aber der Morgen wird den Tag des Kampfes mit sich bringen. Es musste einen weiteren Plan, eine andere Strategie geben, um den Feind zu überlisten.

„Für jedes verlorene Herz gibt es das Anwachsen einer Flamme", sprach er mit fester Stimme, während seine Männer ihn ansahen und langsam den Mut zurückgewannen. „Wir werden uns sammeln, weiterziehen und noch stärker zurückschlagen!"

Gemeinsam wanderten sie in die Dunkelheit der Straßen, um sich neu zu ordnen und ihre Wunden zu versorgen. Saulus hatte entkommen können, doch Barabbas wusste, dass die nächste Begegnung unvermeidlich war. In den Gassen Jerusalems schwebte der Geist der Rebellion, und Barabbas war entschlossen, den Kampf fortzuführen, um seine Freiheit zurückzuerobern.

„Das Spiel ist noch nicht verloren", flüsterte er in die Nacht und blickte in den dunklen Himmel, wo die Sterne wie ferne Träume schimmerten, bemüht, ihre Hoffnung aufzufangen.

Barabbas konnte nicht einschlafen … da tauchte Ruben auf. Er hatte von dem ganzen Unterfangen gehört, getraute sich aber nicht, Barabbas Vorwürfe zu machen. Barabbas war das Eintreffen des einst so treuen Freundes ein gutes Omen.

Ruben kannte ihn gut genug, dass er wusste, wie sehr seine Gedanken um die ganze Geschichte kreisten. Wie früher erzählte er ihm von seinem Erlebnis. Er hatte sich den Jüngern Jesu angenähert, nicht den zwölf Vertrauten, sondern einem Pulk von Männern und Frauen, die ihm auch folgten 60 oder 70 Leute. Und er hatte Unglaubliches gehört:

„Wenn aber der Menschensohn kommen wird", hatte Jesus gesagt, „in seiner Herrlichkeit und all die Engel mit ihm, dann wird er auf den Thron der Herrlichkeit sitzen, und alle Völker werden sich vor ihm versammeln. Und er wird sie voneinander trennen, wie ein Hirt die Schafe von den Böcken trennt, und wird die Schafe auf seiner rechten Seite stellen und die Böcke auf seiner linken Seite. Dann wird der König sagen zu denen auf seiner rechten Seite: ‚Kommt her, ihr Gesegneten, ererbt das Reich meines Vaters, das euch bereitet ist vom Anfang der Welt an! Denn ich war hungrig und ihr habt mich gespeist. Ich war durstig und ihr habt meinen Durst gestillt. Ich war ein Fremder gewesen und ihr habt mich empfangen. Ich war nackt und ihr habt mich gekleidet. Ich war krank und ihr habt mich besucht. Ich war im Gefängnis gewesen und ihr habt mich aufgesucht.' Dann werden ihm die Gerechten sagen: ‚Herr, wann haben wir dich hungrig gesehen und haben dich gespeist? Oder durstig und haben deinen Durst gestillt? Wann haben wir dich als fremd erlebt und haben dich empfangen? Oder nackt und haben dich gekleidet? Wann fanden wir dich krank oder im Gefängnis und haben dich besucht?'

Und der König antwortet und sagt ihnen: Wahrlich, ich sage euch: Was ihr einem von diesen geringsten Brüdern getan habt, das habt ihr mir getan.

Dann wird er auch sagen zu denen zur Linken: ‚Geht weg von mir, ihr Verfluchten, in das ewige Feuer, das bereitet ist dem Teufel und seinen Engeln! Denn ihr habt mich nicht gespeist, nicht den Durst gestillt, nicht als Fremder aufgenommen. Ihr habt mich nicht gekleidet, nicht gepflegt, nicht im Gefängnis besucht.' Sie werden genau wie die Anderen fragen, dann wird er ihnen antworten und sagen: ‚Wahrlich, ich sage euch: Was ihr nicht getan habt einem von diesen Geringsten, das habt ihr mir nicht getan.' Und sie werden hingehen: diese zur ewigen Strafe, die Gerechten aber zum ewigen Leben."

Die Nacht legte sich über Jerusalem, und die Gassen waren erfüllt von den sanften Klängen der Stadt, die auch in der Nacht Jerusalem durchpulsten. Barabbas saß in einer schattigen Ecke eines kleinen Platzes neben einem brennenden Feuerschalen, umringt von einigen vertrauten Gesichtern.

Barabbas: „Warum erzählst du mir das?"

„Barabbas, wir können nicht aufgeben", begann Ruben mit einer Stimme, die Entschlossenheit und Leidenschaft ausstrahlte. „Die Römer haben uns erneut gezeigt, dass wir kämpfen müssen, dass die Freiheit nicht geschenkt wird. Wir müssen unsere Brüder aufrufen, sich uns anzuschließen. Es gibt so viele, die unter dem Joch leiden."

Barabbas nickte, wusste aber, dass Rubens Worte nicht nur für ihn, sondern für einen größeren Aufruf an alle waren. „Ich weiß, Ruben. Aber der Kampf gegen die Römer geht über die Schwerter und Schilde hinaus", antwortete er und sah in das Flammenspiel des Feuers. „Es gibt eine größere Schlacht, die wir führen müssen, bevor wir die Römer besiegen können."

Ruben sah Barabbas mit einer Mischung aus Verwirrung und Neugier an. „Was meinst du damit? Wir müssen für unsere Freiheit kämpfen! Wir müssen diesen Tyrannen zeigen, dass wir nicht schwach sind!"

„Natürlich, das müssen wir. Doch es geht nicht nur um die Römer", erwiderte **Barabbas**. „Es geht um die

Geringsten unter uns. Es geht um die Hungrigen, die Durstleidenden, die Obdachlosen… die Gefangenen. Jesus sagte, dass das, was wir für die Geringsten tun, wir für ihn getan haben. Glaubst du nicht, dass unser wahrer Kampf auch darin besteht, die Menschen um uns herum dazu zu bringen, sich zu erheben?"

Ruben entschlüpfte ein Seufzen. „Barabbas… ich verstehe dich, aber wir können nicht einfach nur warten, während das Unrecht geschieht. Die Römer drücken uns nieder, und das müssen wir stoppen – sicherlich durch unsere Handlungen und unsere Entschlossenheit!"

„Ja, aber wie lange können wir kämpfen, wenn wir die Differenz zwischen Macht und Mitgefühl nicht erkennen?" **Barabbas** lehnte sich zurück, seine Augen gerichtet auf die Dunkelheit über ihnen. „Ich habe gesehen, was der Hunger aus Menschen macht, was Angst und Verzweiflung bewirken. Wenn wir jetzt nur kämpfen, um zu kämpfen, was wird dann aus den Menschen, die uns umgeben?"

Ruben trat näher, seine Stimme war leiser und eindringlicher. „Und was ist, wenn wir verlieren? Was ist mit denen, die wir nicht retten können, wenn wir sie nicht wieder erheben, wenn wir sie nicht aus der Dunkelheit führen? Was ist mit uns?"

„Es ist die Sorge um unsere Brüder und Schwestern, um die es uns gehen muss", erwiderte **Barabbas**. „Der Kampf gegen die Römer ist wichtig, aber der Kampf für die Menschlichkeit, für die Würde – das ist das, worum es letztlich geht. Wir sind nicht nur Kämpfer für den Frieden. Wir sind auch Hüter, Beschützer des Lebens derer, die um uns sind. Ich will nicht nur ein Schwert führen, um gegen das Fleisch zu kämpfen, sondern auch eine Hand, um die Bedürftigen zu erheben."

Ruben schüttelte den Kopf. „Du redest von Idealismus und von immerwährenden Kämpfen. Wen interessiert es, was sie für uns tun, wenn wir nicht für uns selbst kämpfen?"

„Das ist der Punkt, Ruben", entgegnete **Barabbas** sanft. „Wenn wir nicht für unsere eigenen Herzen kämpfen, wenn wir andere Menschen in ihrer Verzweiflung zurücklassen, dann mögen wir vielleicht die Römer besiegen, aber wir verlieren unsere Seelen. Was werden wir erreichen, wenn wir nur Schafe sind, die gegen die Wölfe kämpfen?"

Ruben blickte Barabbas an, und ein Moment der Stille entstand. Es war offensichtlich, dass etwas in seinen Gedanken arbeitete. „Ich verstehe, was du sagen willst. Wir dürfen nicht vergessen, für die Menschen zu kämpfen. Aber, was ist der richtige Weg? Wie können wir die Freiheit erlangen und zugleich die Geringsten unter uns nicht vergessen?"

Barabbas nickte zustimmend. „Genau das müssen wir herausfinden. Lasst uns eine Gemeinschaft bilden, die auf Verständnis und Mitgefühl basiert – die sowohl die Kraft hat zu kämpfen als auch zu heilen. Wenn wir als Einheit zusammenarbeiten können, dann werden wir nicht nur die Römer besiegen, sondern auch eine bessere Zukunft für alle schaffen."

Ruben schaute auf die brennenden Flammen im Feuer. „Das wird ein langer und harter Weg sein, **Barabbas**."

„Ja, aber ich bin bereit, ihn zu gehen", sagte **Barabbas** entschlossen. „Denn der wahre Lohn für diesen Kampf ist weit mehr als Freiheit. Es ist die Wiederherstellung der Menschlichkeit – für uns alle."

In diesem Moment spürte Barabbas, dass er einen tiefen Verbündeten in Ruben gefunden hatte. Er wusste, dass die Aufgabe vor ihnen groß war, und dass sie oft auf die aufreibenden Herausforderungen stoßen würden. Doch der feste Glaube an die Menschlichkeit um sie herum, sowie ihre Fähigkeit, andere zu inspirieren, würde sie unweigerlich zu einem neuen Aufbruch führen – eine Freiheit, die nicht nur für sie, sondern für alle gedacht war.

Die Gefangennahme des Barabbas

Die Tage vergingen, und mit jeder Nacht, die verging, festigte sich der Plan von Barabbas. Er wusste, dass die Zeit drängte, dass sie nicht nur in der Dunkelheit verweilen konnten, während Saulus und die römischen Truppen ungestört ihre Positionen verteidigten.

Um die Gemeinschaft zu vereinen und die Fähigkeiten seiner Männer effektiv zu nutzen, begann Barabbas, Versammlungen in verschiedenen versteckten

Ecken Jerusalems abzuhalten. Er sprach leidenschaftlich und entzündete in den Herzen der Menschen den Glauben an eine bessere Zukunft. Die Gefährten, die sich um ihn scharten, waren nicht nur Kämpfer, sondern auch Ärzte, Handwerker und einflussreiche Händler, die bereit waren, ihre Stimmen zu erheben und für die Freiheit zu kämpfen.

„Wir müssen die Menschen zu den Waffen rufen, aber nicht nur angreifen", erklärte er eines Abends bei einer Versammlung in einer alten Tempelruine. „Wir werden sie an unsere Seite bringen, indem wir die Ungerechtigkeit, die sie erleiden, öffentlich machen! Wir müssen die jüdischen Weisen zu einer Konfrontation herausfordern – einen Streit, den sie nicht vermeiden können."

Die Idee war grundlegend: Barabbas plante, eine Mauer von Solidarität aufzubauen, indem sie die Widersprüche und Ungerechtigkeiten der römischen Besatzung anprangerten. Sie würden eine große Kundgebung organisieren und die Männer und Frauen auf den Straßen versammeln, damit sie sich öffentlich gegen die Tyrannei der Römer aussprechen konnten. So würden sie nicht nur die Gunst des Volkes gewinnen, sondern den Druck auf Saulus und seine Männer erhöhen, sich mit der Wahrheit zu konfrontieren.

Zwar hatte Barabbas einen mutigen Plan geschmiedet, aber auch Saulus hatte seine eigenen Überlegungen angestellt. Durch seine Spione hatte er von den Versammlungen erfahren und war fest entschlossen, die Rebellen zu entlarven und einen entscheidenden Schlag zu landen. Er war hungrig nach Rache für die Demütigung, die ihm durch den gescheiterten Überfall von Barabbas zuteilgeworden war.

In der Nacht vor der geplanten Kundgebung formierte Saulus seine Männer im geheimen. „Sie glauben, sie können sich versammeln und frei sprechen", sagte er mit diabolischem Lächeln. „Wir werden ihnen eine Lehre erteilen. Wir werden zeigen, dass Ungehorsam nicht ungestraft bleibt!"

Er hatte Informationen über den Standort der großen Versammlung und plante, die Rebellion im Keim zu ersticken, indem er die Führung auf einen schnellen Zugriff vorbereitete. Sein Plan war nicht nur, die Rebellen zu zerschlagen, sondern auch noch zu entmutigen, ja, sogar Barabbas gefangen zu nehmen und ihn zur Schau zu stellen.

Am Morgen der Versammlung strömten Menschen auf die Hauptstraße Jerusalems, erregt und begeistert von der Rede, die Barabbas ihnen versprochen hatte. Überall wurden Fackeln entzündet, und die Massen skandierten die Namen ihrer Brüder und Schwestern, die unter der römischen Hegemonie gelitten hatten. Wissend, dass dies der Moment war, für den sie gekämpft hatten, fühlte Barabbas, wie sein Herz pochte.

Mit dem Mut aus Entschlossenheit und der Kraft der Gemeinschaft sprachen sie über Freiheit, Hoffnung und die Gerechtigkeit, die sie forderten. Barabbas stand erhobenen Hauptes vor der Menge, das Feuer der Überzeugung in seinen Augen, als er rief: „Wir werden uns nicht länger ducken! Wir sind die Stimme der Unterdrückten, und unsere Zeit ist jetzt!"

Die Menschen jubelten und unterstützten seine Worte, als das Gefühl der Einheit über sie strömte. Doch in die Euphorie und inmitten des festlichen Geistes, schlich sich auch ein Gefühl der Angst in die Menge: Unter den Bürgern verborgen, leise, aber spürbar, war das Wissen, dass die Römer möglicherweise in der Nähe waren.

Während Barabbas sprach, nahmen Saulus und seine Truppen Position. Mit schnellen Bewegungen schlossen sich die römischen Soldaten um die Versammlung und umzingelten die Rebellen. Unter einem Vorwand stürmten sie die Menge und begannen, die Menschen zu mit Gewaltaktionen zu trennen. „Haltet inne!", rief Saulus, während die Soldaten mit ihren Waffen, auf die Menge zeigten.

„Der Aufstand endet hier! Wer sich wehrt, wird bestraft!"

Chaos entbrannte sofort, als die Menschen versuchten, zu fliehen. Barabbas' Herz sank, als er das Geschrei und die Angst um sich herum hörte. „Steht zusammen! Lasst euch nicht einschüchtern!", rief er, während er verzweifelt versuchte, Ruhe zu bewahren.

Doch der massenhafte Druck der Römer, den die in Panik geratenen Menschen mit sich brachten, war unaufhaltbar. Einige der Rebellen wurden festgenommen, andere waren verletzt oder flohen in die Gassen. Barabbas wusste, dass sie jetzt nicht nur gegen die Wachen machtlos waren, sondern auch die Herzen der Menschen verloren.

Inmitten des Tumults kämpfte Barabbas sich einen Weg durch die Masse, um seine Männer zu sammeln. Doch bevor er seine Freunde erreichen konnte, spürte er plötzlich einen starken Arm, der ihn packte. „Halt! Du bist festgenommen!" Es war Saulus, dessen Gesicht vor Entschlossenheit brannte.

Barabbas sah direkt in Saulus' Augen: pures Adrenalin, kaltherzige Entschlossenheit. „Du kannst mich festnehmen", sagte er mit fester Stimme, „aber du kannst nicht die Botschaft löschen, die wir hier vertreten!"

Mit einem kurzen Handzeichen gab Saulus seinen Männern den Befehl, Barabbas zu fesseln. „Wir werden dich als Symbol nehmen, Barabbas! Du wirst für das bezahlen, was du inszeniert hast!"

„Es ist nie zu spät, Saulus! Du kämpfst nicht nur gegen uns, sondern gegen das, was wir rechtmäßig fordern!", schrie Barabbas, als er mit Bewegung in Richtung der anwesenden Bürger sah, denn sie waren Zeugen des Unrechts, das Saulus ihnen tat.
Doch Saulus und die Wachen ignorierten seine Worte und führten Barabbas ab. In diesem Moment, als er von den Römern abgeführt wurde, spürte er, wie

die Hoffnung in der Menge zu versiegen drohte. Die Menschen um ihn herum zogen sich zurück, von Angst gebrochen, die unterdrückende Präsenz der römischen Soldaten spürend.

Barabbas wusste, dass die Entscheidung, ihn gefangen zu nehmen, eine strategische Niederlage nicht nur für ihn, sondern für die gesamte Bewegung bedeutete. Saulus hatte einen weiteren Schritt getan, und jetzt war es an seinen Gefährten, das Vermächtnis, für das sie gekämpft hatten, am Leben zu halten.

Doch während er sich von der Menge entfernte, schwor Barabbas, dass dieser Kampf noch lange nicht vorbei war. Selbst gefangen, würde er sich nicht der Verzweiflung hingeben. Der Geist der Rebellion würde weiterleben, und er würde einen Weg finden, den Traum von Freiheit zurück ins Licht zu führen. So gab Barabbas in diesem Augenblick der Gefangennahme den Glauben niemals auf; die Hoffnung konnte nicht im Dunkeln erlöschen, sondern gerade da gebar sie neue Protagonisten.

Die Gefängnisse zurzeit Jesu

Die Zeit Jesu, die im ersten Jh. n. Chr. in der Region Juda und Galiläa angesiedelt war, war geprägt von politischem und sozialem Aufruhr. Die römische Besatzungsmacht und die religiösen Autoritäten führten zu einem Klima der Unsicherheit, das nicht nur das alltägliche Leben der Menschen beeinflusste, sondern auch die Art und Weise, wie Straftäter behandelt wurden. In diesem Kontext wurden die Gefängnisse, in die Verhaftete wie Barabbas gesperrt wurden, zu einem wichtigen Thema, um die Lebensumstände jener Zeit zu verstehen. Das alles wusste Barabbas und hatte keine Illusionen.

So besah er sich die Architektur des Gefängnisses, als wäre er ein Reisender, der das Gebäude vorgeführt bekommt.

Die Gefängnisse in Israel zurzeit Jesu waren oft einfache, rudimentäre Einrichtungen, das kannte er von seinen Bandenmitgliedern, die da schon diverse Erfahrungen gemacht hatten. Sie lagen meistens in der Nähe von Stadtzentren oder an strategisch wichtigen Orten, um gefangene Personen schnell der öffentlichen Aufmerksamkeit zuzuführen oder um die Verbreitung von Aufständen zu verhindern. Das Gefängnisse war eine dunkle, feuchte Räumlichkeit, ohne Fenster oder ausreichend Licht, in denen die seine künftigen Mitbewohner in erbärmlichen Bedingungen lebten. Überfüllung war an der Tagesordnung, so auch als er eingeliefert wurde – d.h. er wurde hineingeschubst - und oft wurden Gefangene zusammen mit Schwerverbrechern oder politischen Gefangenen in einem Raum untergebracht. So war es auch bei ihm, aber die Sorte kannte er aus seiner Bande.

Die Bedingungen für Barabbas und alle anderen Insassen war äußerst hart. Der Mangel an Hygiene, Nahrung und medizinischer Versorgung führte oft zu

Epidemien und Krankheiten. Da sah kaum einer gesund aus, das sah er sofort. Wasser war knapp, und die Unterbringung in kalten, feuchten Zellen ließ die Menschen leiden, besonders in den kälteren Monaten – und die Nächte waren im April oft noch recht kalt, eben Wüstenklima. Auch die Ernährung war unzureichend, die Häftlinge erhielten nur geringe Mengen an Nahrung, die oft aus halb verschimmelten Brot und dünner Suppe bestand. Dies führte bei vielen zu Schwäche und Entkräftung, wie er bei den meisten Gefangenen sah.

Für Barabbas, der als Rebell und möglicherweise als Mörder eingesperrt war, war die psychologische Belastung enorm. Die Möglichkeit der Bestrafung durch die römischen Behörden und die ständige Angst vor der Folter, die in einigen Fällen als Mittel zur Informationserzwingung eingesetzt wurde, lasteten schwer auf allen Insassen. Die Ungewissheit über das eigene Schicksal – ob man hingerichtet, freigelassen oder in ein anderes Gefängnis verlegt werden würde – führte zu einem konstanten Gefühl der Angst und Verzweiflung. Das merkte Barabbas schon am zweiten Tag, der endlos zu sein schien. Man wusste schließlich: Die römische Rechtsprechung war für ihre Willkür bekannt. Barabbas, der als Gegner der römischen Besatzung galt, war im Graubereich zwischen Recht und Unrecht gefangen. Es war nicht ungewöhnlich, dass Gefangene ohne fairen Prozess oder ausreichende Beweise inhaftiert wurden. Barabbas ahnte, dass das für ihn eine doppelte

Bedrohung darstellte. Zum einen war er Subjekt der politischen Repression und der religiösen Spannungen, zum anderen war er der Willkür der römischen Soldateska ausgeliefert. Erst einmal galt es also, den Mitgefangenen Respekt einzuflößen, damit er wenigstens in dieser Gesellschaft nicht zu kurz kam. Seine finanziellen Ressourcen würden ihm helfen, alles zu regeln, da vertraue er auf seinen alten Freund Ruben … sein Mitgefühl bezüglich des Umgangs mit den Mithäftlingen sehr reduziert.

Gedanken in der Gefangenschaft

Der Geruch von Schimmel und Schmutz hing in der Luft, während Barabbas in der finsteren Zelle saß, die sich immer mehr wie eine Grabkammer anfühlte. Nach zwei langen Tagen hatte man ihm eine kleinere Zelle zugewiesen. Er lehnte sich gegen die kalte Steinwand, die feucht war von den Tränen des Himmels, und schloss die Augen. Der Lärm der anderen Gefangenen drang durch den Riegel der Tür zu ihm. Die Schreie und das gespenstische Lachen hallten in seinem Kopf wider, während ihn die Erinnerung daran, wie er hierhergekommen war, nicht losließ.

Wie konnte es so weit kommen? Barabbas hatte nie das Gefühl gehabt, das Schicksal wählte seine Opfer nach dem Zufallsprinzip. *Er* hatte seine Entscheidungen getroffen, und jetzt saß er hier, gefangen in einem Netz aus politischen Intrigen und persönlicher Feindschaft. Die römischen Wachen waren brutal, und die anderen Insassen waren oft schlimmer als die, die sie fürchteten. In dieser Umgebung musste man seine Stärke und seinen Respekt behaupten.

„Respekt," murmelte er vor sich hin. Was bedeutete das in einem Ort wie diesem? Sollte er sich als der Stärkere zeigen, oder sollte er versuchen, Verbündete zu gewinnen? Die Blaustrahligkeit der dämmernden Lichter fiel durch die schmalen Lücken zwischen den Steinen und brachte die Zelle für einen Moment zum Leben. Barabbas öffnete die Augen und sah die abgemagerten Gesichter der anderen Häftlinge, deren Augen vor Hunger und Verzweiflung funkelten. Sie waren alle dazu verdammt, in dieser Dunkelheit zu existieren.

Hat man Respekt vor einem Mörder oder vor einem Rebellen? Er wusste, dass die anderen Insassen ihn als Bedrohung ansahen. Das kannte er aus seinen Straßenkämpfen. Macht und Furcht schufen eine komplexe Beziehung, und Vertrauen war ein kostbares Gut, das hier wie schwerer Goldstaub schien. Barabbas dachte an Ruben, seinen alten Freund. Er war der einzige, dem er in dieser Dunkelheit vertraute, doch selbst in ihrem letzten Gespräch hatten Zweifel gesät werden müssen. Der Rebell und der Psychologe – zwei Seiten derselben Medaille. Was war der richtige Umgang mit den anderen Häftlingen? Es ist nur der Anfang, dachte er. Die Zeit des Schmerzes ist immer die lehrreichste.

Gestern hatte er beobachtet, wie ein Mann in der Ecke brutal zusammengeschlagen wurde, nur, weil er sich zu laut über die römische Besatzungsmacht mokiert hatte. Barabbas hatte wie ein Schatten zugesehen, unfähig zu intervenieren. Angst um sein eigenes Leben hatte ihm die Sprache und die Willenskraft geraubt. Er spürte den Drang, diesen Mann zu schützen, doch die bipolare Dynamik des Machtspiels hinderte ihn daran.

„Sollte ich wie ein Wolf agieren und immer allein bleiben? Oder wie ein Schaf, das in der Herde Schutz sucht?", stellte er schließlich fest. Barabbas bewegte sich zwischen den Ideen, die sich wie unreif stillende Früchte in seinem Kopf entfalteten. Der Gedanke kam ihm: Könnte er nicht eine Art Respekt aufbauen, ohne vor seinen Mitgefangenen zu kriechen?

Er musste die Macht erkennen, die ihm bereits innewohnte. Er war kein einfacher Häftling; er war ein Mann mit einer Geschichte. Vielleicht wäre es klug, seine Erfahrungen anzuzapfen und sie als eine Art Währung zu nutzen. Barabbas wollte nicht länger allein kämpfen. Er stellte sich vor, wie er sich den anderen vorstellte.

„Ich bin Barabbas," hätte er sagen können. „Ein Mann wie ihr, gefangen im Netz der Politik, aber immer noch bereit, uns gegenseitig zu unterstützen oder sich für ein kleineres Stück Brot zu verhökern. Lasst uns handeln, nicht aus Furcht, sondern aus einem Gefühl der gemeinsamen Zweckmäßigkeit."

Er nickte, als er die Idee durchdachte. So könnte er Beziehungen aufbauen. Schwächen und Stärken könnten sich gegenseitig ergänzen. Aber erst musste er Respekt aufbauen und nicht auf einen von ihm unbekannten Symbolismus setzen.

Weder der Wolf noch das Schaf – ein Hund, ein treuer Hund, der die Wunden der Brüder leckte und vorsichtig die Feinde beschnüffelte – das bist du, Barabbas.

Unerbittlich würde er nach einem Weg suchen, wie ein Hund, der durch den Staub läuft, und der die wunden Stellen in den Herzen seiner Mitgefangenen wahrnehmen kann. Sie waren ihm durch ihre Schmerzen verbunden, wie das harte Leben sie geformt hatte.
Die Zelle war jetzt erdrückend, und die Zeit schien sich endlos zu dehnen, während er darüber nachdachte, wie er die andere Seite der Menschen in der Dunkelheit seiner eigenen Seele finden könnte.

Die dunkle Zeit war nur ein vorübergehender Zustand. In der Enge der Gefängniszelle sah er einen Lichtstrahl. Vielleicht könnte auch er die Stille durchbrechen, in der er gefangen war. Es war an der Zeit, sich zu beweisen und eine Hoffnung zu finden. Hoffnung, die er in dieser Dämmerung nicht einmal mehr für möglich gehalten hatte.

Eines Tages würde er wieder die Freiheit sehen. Doch bis dahin würde er seine Gedanken und seine Taten mit Bedacht wählen, die Gründer einer ungenutzten Gemeinschaft, die durch Blut und Schweiß geformt wurde. Der rechte Umgang, ja, der rechte Umgang ist alles!

Und so lebte Barabbas in seinen Gedanken, jedem Tag eine Prise Hoffnung hinzufügend, während er darauf wartete, was die Zukunft bringen würde.

Die Entdeckung

Das Gefängnis als Kommunikationszentrum

Barabbas saß in der Dunkelheit seiner Zelle, das Licht eines trüben Tages schimmerte durch den schmalen Spalt der Tür. In diesem Moment war die Enge der Gefängnismauern nicht nur physisch, sie war auch psychologisch, ein Geflecht aus Angst und Unsicherheit. Doch in diesem Gefängnis gab es etwas, das ihn lebendig hielt, etwas, das sich jenseits der starren Wände abspielte: die ständige Flut von Informationen, der Puls der Welt, der bis hierher drang.

Ein Aufruhr ist im Anmarsch, hörte Barabbas, als er das Geflüster in den benachbarten Zellen aufschnappte. Die Stimmen der anderen Häftlinge waren ein untrügliches Zeichen. Hier, in diesem verfallenen Ort, war man immer am Puls der Geschehnisse. Manche sagten, es sei das Gift des Leidens, das Menschen zusammenschweißt; andere sprachen von einer seltsamen Solidarität, die unter den Verzweifelten blühte.

Er hörte, wie seine Zellengenossen über den Hohepriester, die Priester und die Ältesten redeten. „Man trifft sich im Palast des Kaiphas," wisperte ein gebrochener Mann mit schmutzigem Bart, „um über Jesus zu beraten. Sie wollen ihn töten!"

Barabbas' Herz schlug schneller. Jesus. Der Name war in aller Munde, ein Name, der Stimmen erhob und Menschenmengen versammelte. Manche über führten ihn als den Messias, während andere furchtlos seinen Tod forderten. Doch es war der Plan der Priester, der Barabbas in seiner Zelle zum Nachdenken zwang. „Aber nicht bei dem Fest," hörte er den Mann weiter murmeln, „damit es keinen Aufruhr gebe im Volk."

Der Festtag, dachte Barabbas. „Die Feierlichkeit der Befreiung, die Zeit der Freude. Eine Zeit, in der niemand an den Tod eines Mannes denken möchte."

Ein Aufruhr – dieses Wort hallte in seinem Kopf. Der Gedanke war gleichzeitig beängstigend und faszinierend. Was könnte aus einem Aufruhr entstehen? Die Möglichkeit, dass Menschen auf die Straße gingen, dass sie gegen die römische Besatzung aufbegehrten, während sie auf die Nachricht über Jesus warteten, war für ihn wie ein Lichtstrahl in seiner dunklen Zelle.

„Wenn sie Jesus fangen," hörte er eine andere Stimme, „könnte das alles verändern! Die Pfade werden sich teilen – ein neuer Messias könnte folgen, oder das Volk wird gebrochen und gefügig gemacht!"

Barabbas betrachtete die Gesichter seiner Mitgefangenen und sah Angst, Zweifel und ein Hauch von Hoffnung. Hoffnung auf einen neuen Morgen, in dem die Ketten der Unterdrückung durchbrochen würden. Und gleichzeitig fühlte er einen alten, vertrauten

Hunger in sich aufkeimen. Es war der **Hunger nach Freiheit**, der ihn schon viele Male zu Entscheidungen getrieben hatte, die ihn an diesen Ort gebracht hatten.

Er sah sich um, ein Schatten inmitten der Dunkelheit – gefangen, aber nicht gebrochen. Inmitten der Gräueltaten, die einem Mann wie ihm widerfahren waren, war der Gedanke an einen Aufstand berauschend. Ein Plan, der, wenn die Sterne richtig stünden, sein Schicksal verändern könnte.

Was würde es heißen, aufzustehen? Was, wenn ich der wäre, der seinen Namen in den Wind ruft? Es gibt nur eine Wahrheit für Männer wie uns hier: ‚Wir sind zum Kämpfen bestimmt, bis wir fallen!'

Die Gedanken rasten in seinem Kopf. Sollte er sich entscheiden zu kämpfen? Sollte er sich einer Sache anschließen, die größer war als sich selbst? Barabbas spürte, dass sich eine Entscheidung anbahnte, ein Kamm, der in einem Sturm aus Wellen entstehen könnte.

Der Klang des Rats des Hohepriesters drang weiterhin zu ihm, eine Melodie aus Macht, Angst und Manipulation. Barabbas lehnte sich an die kalte Wand und schloss die Augen. Er war mehr als nur ein Häftling, mehr als nur ein Name auf einer Liste. Er war Barabbas, und eines Tages würde die Geschichte ihn vielleicht retten.

Als er darüber nachdachte, fiel ihm der Gedanke ein: „Wenn sie Jesus nehmen, wird der Aufstand kommen. Vielleicht werde ich nicht nur für meine eigene Freiheit kämpfen müssen, sondern für die aller gebrochenen Seelen hier."

Die dichten Mauern des Gefängnisses fühlten sich für einen kurzen Moment weniger erdrückend an. Bis auf weiteres waren sie eine Quelle ungebrochener Freiheit in seinem Geiste, eine Einladung zu träumen, während sein Herz im Takt der Unsicherheit schlug.

In dieser dunklen Stunde entschloss sich Barabbas, das Wort Verlies zu gebrauchen, um die Geschichten seiner Mitgefangenen zu sammeln. Vielleicht würden sie ihm einen Weg zeigen – einen Weg, den er schon immer gesucht hatte. Die Inspiration war da, wir müssen uns nur aufraffen und die Dunkelheit besiegen!

Die Informationen, die förmlich von den Wänden der Gefängniszelle rannen, waren mehr als nur Gerüchte – sie waren ein Anstoß, ein Funke, der das Feuer in ihm erneut entfachte. Und während die Priester und Ältesten in der Ferne berieten, wusste Barabbas, dass das Schicksal über ihm lauerte und wartete wie ein Wolf mit aufgerissenem, geifernden Maul.

Gibt es Messias-Hoffnungen?

Der kalte Stein der Zelle drückte auf Barabbas' Rücken, während er unruhig hin und her rutschte. Die Worte, die durch die winzigen Lücken zwischen den

Mauern drangen, hatten eine neue Bedeutung für ihn angenommen. Sie sprachen von einer Salbung – einem kostbaren Öl, das über das Haupt Jesu gegossen worden war, während er Bethanien besucht hatte. Diese Geschichte klang in seinem Verstand nach, bohrte sich in seine Gedanken und eröffnete neue Perspektiven auf das, was um ihn herum geschah.

Was für eine Frauenhand könnte es gewesen sein, die so mutig ausholte, und wie viel Kraft ging von diesem Bekenntnis aus? Barabbas dachte an den gesalbten, gekrönten Mann, der im Zentrum der Lästermäuler stand und doch mit einer solchen Anmut auftrat. Jesus, der Messias, wurde in dieser Stunde mit Wundern umgeben, während er selbst in einer Zelle gefangen war, die seine kühnsten Pläne erstickte.

Barabbas lauschte, als die Wortfetzen in der Dunkelheit ihn umhüllten. Die Jünger hatten sich über die Vergeudung des kostbaren Öls beschwert, als ob materielle Dinge an diesem Moment mehr Bedeutung hätten als die Geste des Glaubens, die sie nicht verstehen konnten. Welch ein Unverständnis! dachte Barabbas und spürte einen tiefen Respekt für die Frau, die nicht zögerte, ihr Herz in diese Handlung zu legen.

„Was wäre, wenn ich dies für meinen eigenen Plan nutzen könnte?", murmelte er vor sich hin. Diese Salbung könnte das Feindbild des Erzählens verändern und mir helfen, die Linien zu ziehen zwischen dem, was die Römer sehen, und dem, was sie nicht sehen dürfen.

Barabbas wusste genau, er er sich befand, aber auch, dass der Einfluss, den er anstreben konnte, möglicherweise weiterreichte, als es die dicken Mauern und Gefängnistüren vermuten ließen. Die innere Unruhe verwandelte sich in eine glühende Inspiration. Die Nachricht von der Salbung könnte ein Schlüssel sein.

Er bildete einen Plan in seinem Kopf. Wenn er es schaffte, die Worte über die Salbung in die Köpfe der Gefangenen und schließlich zu den Menschen auf der Straße zu bringen, könnte es ihnen den Glauben an einen Messias zurückgeben, und zugleich könnte er sich selbst als Widerstandskämpfer im Geiste des Aufstands positionieren, ohne gleichzeitig das Band zu Jesus zu schüren, das ihm möglicherweise Verhaftung oder Schlimmeres einbringen würde. Die Römer sehen nur die Rebellion, die in der Dunkelheit keimt – aber sie wissen nicht, dass Hoffnung wächst, wo man sie am wenigsten erwartet.

Die Berichterstattung über die Frau war nicht nur eine Geschichte eines öden Geschenks; es war eine Erzählung von Wertschätzung und Gehorsam, die das Bild von einem neuen Israel erweckte, das niemals wieder in der Finsternis bleiben würde. Barabbas verstand, dass jede Geschichte, die erzählt wurde, auch von den Umständen der Gegenwart beeinflusst werden konnte.

Die Frage bleibt, dachte er, wie ich es anstellen kann, dass das Licht auf mich fällt und ich es als Rebell nutzen kann und nicht als jemand, der sich von Jesus leiten lässt?

Er begann, seine Pläne zu entwerfen. Sobald die nächste Gelegenheit zur Flucht oder zur Kommunikation mit den anderen Häftlingen käme, würde er seine Träume und seine Visionen mit ihnen teilen. Wenn diese Neuigkeiten Wellen schlagen konnten, würde er sie anziehen wie das Licht die Motten.

Was könnte ich ihnen anbieten? Es wird mehr brauchen als bloße Worte, vielleicht müsste ich einen geheimen Pakt mit den anderen Gefangenen schmieden – eine gewaltige Versammlung im Verborgenen, um das Wort über die Salbung zu verbreiten.

Er stellte sich vor, wie er in der Dunkelheit der Zelle mit seinen Mitgefangenen sprechen würde, ihre Herzen und ihren Geist zu entflammen, um eigene Visionen zu erwecken – Visionen von einem Tag, an dem die Ketten fallen würden. Sie waren Männer wie er, erschöpft, aber nicht gebrochen. Vielleicht konnte er sie überzeugen, dass die Salbung einen neuen Aufstand symbolisierte, der aus der Dunkelheit heraus geboren wurde – ein Aufstand nicht nur gegen die Römer, sondern zur Unterstützung eines neuen Königs.

„Wohin geht der Fluss, wenn das Wasser überläuft? Zu den Menschen oder zurück in die Dunkelheit? Müssten wir nicht ihn auch salben durch die Steinwände hindurch?" fragte er mit lauter Stimme, auch wenn er wusste, dass er nur zu sich selbst sprach.

Die Vorstellung, dass diese Botschaft das Feuer entzünden könnte, ließ ihn nicht los. Er war ein Prinz, gefangen in einem Reich voller Verzweiflung. Doch wie die Frau, die den Mut hatte, das kostbare Öl über Jesus zu gießen, wusste auch er, dass selbst die Kleinsten von uns die Fähigkeit besitzen, etwas Großes zu bewirken.

Das war mein Weg! dachte Barabbas mit neu entflammtem Geist. Wenn ich meine Stimme benutze, kann ich die Dunkelheit berühren und vielleicht – nur vielleicht – ein Licht entfachen, das die Schatten vertreibt!

Und so setzte er sich in die Stille seiner Zelle und plante, wie er mit den Worten und den Geschichten seiner Mitgefangenen ein Netzwerk weben könnte, das aus der Gefangenschaft hinaus zum Volk in den Straßen führte. Der Messias würde sein Licht teilen, und Barabbas würde das Fanal der Rebellion sein, der auf der Kante des Abgrunds stand, bereit, über die Mauern der Angst hinweg zu springen.

In Ketten: Barabbas' Reflexionen

In der Düsternis meiner Zelle war die Zeit trotz aller Informationen ein endloser, schleichender Schatten. Das Licht war spärlich, und die Kühle des Steins drang in meine Knochen, während ich versuchte, die Gedanken in meinem Kopf zu ordnen. Die Mauern schienen mich enger einzuschließen, doch die Stimmen von draußen, die durch die Ritzen der Wände drangen, hatten die Macht, meine Seele zu erhellen und mich an das Leben jenseits dieser Gefängnistore zu binden.

Ich hatte von ihm gehört: Jesus von Nazareth, ein einfacher Zimmermann, der die Menschen mit seinen Worten verzauberte und sie mit Hoffnung erfüllte. Geschichten über seine Lehren und Wundertaten erreichten selbst die einsamsten Ecken dieser Zelle, in der ich tagelang im Dunkeln verharrte. Ich hörte von der Salbung, der Nächstenliebe und dem Streben nach einer neuen Freiheit, einer Freiheit, die tief im Herzen der Menschen angesiedelt war, nicht in den Fesseln der Gesellschaft.

Wie oft hatte ich mir diese Freiheit gewünscht, dachte ich. Der Brand der Rebellion war schon lange nicht mehr nur ein Gedanke, sondern eine glühende Flamme in meiner Brust. Ich war Barabbas, ein Mann, der die Zähne der Unterdrückung gespürt hatte, der aber auch bereit war, gegen die Mächtigen zu kämpfen. Doch nun war ich hier, mit einer Kette an Stein und in Eisen gefangen.

Ich schloss die Augen und dachte an die Parallelen, die mich mit diesem Jesus verbanden. Wir beide kamen wir aus der Dunkelheit und suchten Licht; wir beide waren wie mit dem dunklen Erbe der Unterdrückung konfrontiert. Er predigte Freiheit und Liebe, während ich für die Freiheit kämpfte, die mir und meinem Volk genommen worden war. Hatten jene, die ihn hörten, je an die Ketten gedacht, die wir mit-

einander teilten? Hatte jemand jemals darüber nachgedacht, dass ich, streitbarer Barabbas, vielleicht
nicht viel anders war als der, den sie Messias nannten?

Die Widersprüche spannte sich zwischen uns. Jesus
verkörperte das, was ich für die Freiheit erhoffte,
während ich der, der alles mit Gewalt suchte – einer,
der glaubte, mit dem Schwert würde man Ungerechtigkeit besiegen. Doch während ich hier saß, wurde
mir klar, dass der Frieden, den Jesus brachte, Teil
eines Weges war, den ich nie gewagt hätte zu gehen.
Anstatt die Menschen durch Gewalt zu spalten,
sprach er Worte, die in ihren Herzen Wurzeln schlugen.

Mit jedem neuen Gerücht, das an mein Ohr drang,
spürte ich das Echo der Worte Jesu in meinem eigenen Herzen. Er sprach davon, die Mauer zwischen
Staaten und Herzen einzureißen und eine neue Welt-
ordnung zu schaffen. Ich fühlte, wie seine Mischung
aus Sanftmut und Entschlossenheit in mir wider-
hallte, während ich darüber nachdachte, wie sehr ich
selbst während meiner Straßenkämpfe versucht
hatte, das Unrecht mit roher Gewalt zu bekämpfen.

‚Was könnte ich von ihm lernen?' murmelte ich leise.
Ich erinnerte mich an meine eigene Verletzlichkeit
und wie oft ich im Zorn gegen die Welt gekämpft hatte, ohne an die Lehren des Verständnisses zu denken. Jesus hatte einen breiteren Horizont. Er verstand, dass wahre Freiheit nicht im Kampf gegen die

Unterdrückung lag, sondern darin, das Herz der Menschen zu erreichen, ihre Ängste zu verstehen und sie zur Hoffnung zu führen.

Die Gedanken wirbelten um meine Einsamkeit. Ich könnte mit meinen Taten die Freiheit und die Hoffnung für andere Männer im Gefängnis beeinflussen. Vielleicht könnte ich, statt einen Aufstand auszulösen, die Essenz der Freiheit in mich aufnehmen und sie in diesem gebrochenen Ort erwecken. Was, wenn ich die Worte Jesu nutzen könnte, um nicht nur die anderen Häftlinge, sondern auch jene, die über uns wachten, zu erreichen?

Ich fühlte, dass ich bald die Möglichkeit haben würde, meine Stimme zu erheben. Wenn ich über den Messias sprach, würde ich nicht nur an meinen eigenen Hunger nach Freiheit appellieren, sondern auch an den Hunger der Menschen um mich herum. Wir alle trugen die Ketten unterschiedlichen Ursprungs; wir alle träumten von einer Welt, in der Gerechtigkeit herrschte, und wo man nicht verloren ging in der Schattenwelt der politischen Unterdrückung.

„Er spricht nicht von Revolution, sondern von Herzen," flüsterte ich und lächelte.

In diesem Moment wurde ich mir meiner Macht bewusst. Ich war nicht die einzige Stimme, die hier in der Dunkelheit sprach. Die anderen Gefangenen, gebrochen durch ihr Schicksal, hörten mich und das Echo von Jesus' Lehrsätzen, es drang wie ein leiser Wind in ihre Zellen. Die Freiheit wird nicht durch das

Schwert gewonnen, sondern durch das Verstehen und das Herz, das bereit ist zu hören.

So schloss ich die Augen, während sich eine stille Entschlossenheit in mir festigte. Ich wollte nicht nur der Barabbas sein, der vom Aufstand träumte, sondern *der* Barabbas, der die Kraft fand, durch Verständnis und Mitgefühl die Funken der Rebellion in den Herzen meiner Mitgefangenen zu entzünden. Und er wusste, es waren nicht nur die im Gefängnis, sondern all die Unterdrückten im Lande …

Und in diesem neuen Licht, während ich das Echo der Wahrheit von Jesus in mir trug, fühlte ich mich fast frei – für einen Augenblick über die Mauern der Zelle hinaus.

Das Unfassbare – und doch Erwartete – geschieht

Gedanken in dem Dunkel des Verlieses

Die Zelle war dunkel und kühl, nur das schwache Licht eines fernen Fensters fiel durch einen schmalen Spalt und glich einem zitternden Strahl in der Finsternis. Barabbas saß auf dem kalten Steinboden, seine Rückenlehne drückte gegen die Mauer, und in seinem Inneren keimte eine brodelnde Unruhe. Gedanken wirbelten in seinem Kopf, während er an den Namen Judas Iskariot dachte — einen Namen, der wie ein Schatten über das Geschehen vergangener Tage hing.

Judas, der unter den Zwölf der Jünger den Platz des Verräters einnahm, so hatte er aus ‚zuverlässiger Quelle' gehört, hatte den Preis des Verrats in Silberlingen festgelegt, und etwas in Barabbas' Herz zog sich zusammen, als er an die 30 Silberlinge dachte. Was waren 30 Silberlinge im Angesicht des Glaubens, der Hoffnung, der Freiheit? Sie waren kaum mehr als das Gewicht von alten Münzen, von denen es nur umrahmte Geschichten der Gier und des Verrats gab. Judas' Stoß mit dem Dolch, wenn auch nicht physisch, war ein Stich in die Rückseite der Überzeugung, die er so innig gehuldigt hatte.

Barabbas schloss die Augen und versuchte, die Bilder des Lebens, das er einst geführt hatte, vor seinem inneren Auge aufblitzen zu lassen. Er hatte die Gassen Jerusalems gekannt, deren Steine unter den Füßen der Menschen warm und vertraut waren. Er erinnerte sich an die Gesichter der Armen und Unterdrückten, einer Nation, die unter dem Joch der Römer litten. Der Aufstand schien unvermeidlich, das Wüten der Machthaber in den Straßen der Armen war spürbar wie der drückende Schlund eines Vulkans, der kurz davor war, auszubrechen.

Er öffnete die Augen wieder und richtete seinen Blick auf die ahnungslos im Gefängnis wachsende Dunkelheit. „Glaube und Macht", murmelte er leise. Er hatte in seinen letzten Jahren als Anführer der Rebellion oft darüber nachgedacht. War die Macht, die ihn eine Zeit lang getragen hatte, nicht auch nur eine Illusion? So oft riss sie die Menschen auseinander, während der Glaube an eine bessere Welt sie zusammenhalten sollte. Judas' Verrat war nicht nur ein persönlicher Akt; er war ein Symptom, ein Abbild der Zerbrechlichkeit von Glauben und Beständigkeit.

„War es falsch von mir, dass ich auf den Glauben setzte?" mag sich Judas gefragt haben, aber die Antwort blieb irgendwie bei Judas in der Dunkelheit verborgen. „Und wenn Judas glaubte, dass er seine Freiheit für einen Preis erkaufen konnte, was war das dann für ein Glaube?"

Die Zelle war mit seinen Gedanken gefüllt, wie ein überquellender Krug. Er dachte an die Menschenmengen, die sich um die Wasserstellen drängten, die Mütter, die ihre Kinder in die Augen aus Hoffnung und Angst sahen. Die Verzweiflung war der Gefährte der Hoffnung, und der Verrat nur eine weitere Facette dieses schrecklichen Spiels. In dem Moment, in dem Judas die Entscheidung getroffen hatte, in dem Moment, als die Silberlinge die Macht übernahmen, stellte sich die Frage: War er der einzige Verräter, oder war jeder, der in dieser Stadt lebte, nicht sowieso auch ein Stück weit verraten worden?

Barabbas stand auf und ging zum Fenster, - die Mitgefangenen wichen ihm aus. Er ließ seinen Blick die staubigen Straßen absuchen, die ihm in der Ferne bekannt vorkamen. „Wir alle sind gefangen", flüsterte er in die Stille der Nacht. „In unseren eigenen Überzeugungen, in unserer eigenen Suche nach Macht und Bedeutung." Er fühlte die Ketten, die ihn hielten, und erkannte, dass wahrer Kampf *der* gegen den inneren Verrat war – wie Judas, so kämpfte auch *er* mit der eigenen inneren Dunkelheit.

Die Nacht verging, und mit ihr die Gespenster des Verrats. Barabbas wusste, dass er, sobald er den Zellenboden wieder berührte, nicht mehr der Gleiche sein würde. Er würde zurückkehren, nicht nur als Mann, sondern als Symbol – eines, das für die Stärke des Glaubens und die Schwäche der Macht stand. Denn am Ende kannte jeder von ihnen den wahren Preis, den das Leben forderte. Der Vulkan würde bald ausbrechen; es war an der Zeit, sich der Realität zu stellen und die geforderten Antworten zu finden.

Das Testament der Glaubenskrise, so wusste Barabbas, war in der Luft, und während Barabbas auf die dunkle Nacht über Jerusalem starrte, wusste er, dass die Frage, die Judas stellvertretend für alle gestellt hatte, nie so einfach zu beantworten sein würde.

Barabbas saß weiter im Dunkel seiner Zelle, das Gitter vor ihm war das einzige, was ihn von der Welt außerhalb der Mauern trennte. Da wurde ihm von einem Mitgefangenen eine zusammengefaltetes Blatt Papier gereicht. Er hörte die leisen Worte „Von Ruben!" Er sah auf, konnte aber den Boten nicht erkennen, denn er hielt sich in den teilnahmslosen Mienen der Mitgefangenen verborgen.

Die Worte, die er gerade gelesen hatte, schwirrten in seinem Kopf. Eine Nachricht über das Passahmahl, das dieser Jesus mit seinen Jüngern feierte, und die dunkle Vorahnung, die wie ein Schatten über diesem

Moment lag. Judas' Verrat, diese verhängnisvolle Entscheidung, hallte in seinem Inneren wider.

„Einer von ihnen wird verraten!" Das hatte dieser Jesus immer gewusst — die Nachricht war für alle in Jerusalem wie der Drang des heranrollenden Sturms. Es überraschte ihn nicht, dass ein Jünger zum Verräter wurde; eher, dass es nicht mehrere waren, die diesen Weg wählten, denn in einem System, das auf Macht und Angst aufbaute, war die Loyalität oft eine flüchtige Illusion.

Barabbas dachte an die Jünger, die die karge Mahlzeit mit Jesus teilten, ihre Gesichter von Kummer und Ungewissheit geprägt. Wie oft hatte er selbst in der Dunkelheit seiner kriminellen Vergangenheit die Augen seiner Komplizen in ähnlichen Momenten gesehen? Aber während sie das Brot teilten und den Wein tranken, war es nicht nur die körperliche Nahrung, die sie verband; es war der Glaube, die Hoffnung auf eine Freiheit, die unter dem Druck der römischen Besatzung immer mehr zu verschwinden schien. Was seine Bande in Hoffnung gehalten hatte, hatten die Jünger irgendwie auf eine andere Weise, aber sie hatten sie.

„Das ist mein Leib, das ist mein Blut…", hatte Jesus gesprochen. Die Worte hallten in Barabbas' Gedanken wider, gleichsam tröstend und verstörend. Er verstand, dass der Rabbi, der Meister, wie ihn seine Jünger nannten, eigentlich von mehr sprach als nur von Brot und Wein. Es war ein Bekenntnis, eine Einladung zum Glauben, ein Weg zum Verständnis des Opfers, das zu kommen schien. Aber das Blut, das vergossen werden würde, würde auch ein Preis sein — für Freiheit, für Versöhnung, für die Vergebung der Sünden. Ob er das verstehen konnte oder nicht, er stellte sich dennoch die Frage, ob die Hingabe eines Einzelnen das Leben vieler retten konnte.

„Wie weit sind wir bereit zu gehen?", fragte er sich. War er selbst, angesichts seiner eigenen Taten, bereit, sich für ein höheres Gut zu opfern? Der Gedanke überkam ihn: Hatte Judas wirklich keine andere Wahl gehabt, als sich gegen den Meister zu wenden? Oder war er gefangen in seiner eigenen Gier und Verzweiflung, unfähig, den Funken des Glaubens zu sehen, der in der Dunkelheit leuchtete? Oder war es gar der Plan Jesu … und nur Judas hatte es begriffen? Barabbas fühlte sich wie ein Gefangener in einem anderen Sinne — gefangen in den Fragen seiner eigenen Moral, die sich wie ein Netz um ihn legte.

„Die Freiheit für viele — was bedeutet das für mich?", murmelte er und sah auf die verschlossenen Gitterstäbe. Er könnte sich opfern, nicht für den einen, sondern für das Ganze – aber richte das wirklich sein eigenes Leben aus gegen das, was geschehen würde? Der Gedanke, seine eigene Natur zu ändern, ohne dass Notwendigkeit ihn drängte, schien ihm unmöglich. Vielmehr war es eine ständige Wahl zwischen Glaube und Zweifel, zwischen Verrat und Loyalität. Vielleicht war aber auch eine unbestimmte Angst im Spiel.

Die Worte Jesu blieben in seinem Herzen als ein Echo, das ihn nicht losließ: „Weh dem Menschen, durch den der Menschensohn verraten wird!" Barabbas konnte die Schärfe des Urteils spüren, die sowohl Licht als auch Schatten auf diejenigen warf, die Gefahr liefen, alles zu verlieren. War es wirklich das Schicksal des einen, die Sünden von vielen zu tragen? Und wenn dies der Fall war — wo stand er in diesem Spiel? War er ein Teil des Systems? Oder eine Stimme, die immer noch nach Wahrheit und Erlösung suchte?

Als er durch das Gitter hindurchsah, stieg der Duft von frischem Brot und Wein durch die Stadt wie ein unsichtbares Band, was die Menschen untereinander verband. Die Vorfreude auf das Passahfest lieferte ein starkes Bild der Hoffnung inmitten der Dunkelheit. Barabbas wollte glauben, dass das Opfer einen Grund hatte, einen Sinn, doch die Sorgen um die eigene Haut und das eigene Überleben waren übermächtig. „Vielleicht ist es an der Zeit, anders zu denken", dachte er und hatte die leise Ahnung, dass die kommenden Stunden entscheidend sein würden.

Mit dem heimlichen Wunsch, die Ketten der Vergangenheit zu sprengen, versuchte er, das Vertrauen zu finden, das in dieser Dunkelheit immer wieder flackerte. Sein Weg war ungewiss, aber er wusste, dass der Verrat, wie stumm er auch sein mochte, nicht das Ende der Hoffnung sein konnte. Der Schatten fiel schwer über seine Seele, und doch, in seinem Inneren blühte ein kleiner Funke — das Verlangen, nicht länger nur ein Spieler in einem düsteren Spiel zu sein, sondern vielleicht, etwas mehr zu sein: ein Zeuge des Geschehens … mit einer vagen Hoffnung auf Erlösung.

Der Schlüssel zur Freiheit lag nicht nur im Glaube an diesen ‚Meister', sondern auch in der Frage, was es bedeutete es, Mensch zu sein. Und diese Antwort war möglicherweise der tiefste Beitrag und das größte Opfer, das er je würde bringen können.

Im Verlies knisterte die Stimmung

Die Wände des Verlieses waren feucht und kalt, während der schwache Lichtschein einer einzelnen Kerze das Elend der Gefangenschaft nur erhellte, um es zugleich zu verstärken. Barabbas saß in einer Ecke, die Knie an die Brust gezogen, und lauschte den gedämpften Stimmen, die sich um das zentrale Geschehnis der Stadt schlängelten – die Gefangennahme Jesu von Nazareth.

„Sie sagen, er hat im Garten Gethsemane gebetet, so intensiv, dass man den nächtlichen Regen auf seine Tränen zurückgeführt hat", sprach ein gefesselter Mann mit brüchiger Stimme. „Und als die Soldaten kamen, hat er sie angesehen wie ein Heiliger, ohne ein Wort des Widerstands!"

Ein Raunen ging durch das Verlies, als andere Gefangene näher rutschten, gebannt von der Macht und dem Mysterium, das in den Erzählungen lag. Barabbas grub seine Fingernägel in die grobe Borke des Steinbodens und fühlte, wie das Adrenalin durch seinen Körper schoss. Er kannte Jesus, er hatte von seinen Wundern gehört, von den blinden Augen, die sich öffneten, und den Lahmen, die wieder gingen. Aber was stellte dieser Mann wirklich dar? Ein weiterer Prophet? Ein Verrückter?

„Und als Judas ihn verriet..." begann ein Alter mit einem Bart, der bis zu seinem Gürtel reichte, „kam er, um ihn mit einem Kuss zu begrüßen. Ein ganzes Leben hat Judas Freundschaft vorgetäuscht, und doch ließ Jesus ihn gewähren. Warum hat er es nicht verhindert?"

Barabbas witterte die Stärke in dieser Frage – eine Stärke, die ihn unangenehm berührte. Was, wenn das, was sie ihm über Jesus sagten, wahr war? Was, wenn es mehr an diesem Wunderheiler gab, als die bloße Vorstellung eines stumpfen Aufstandes? Wo lag die Grenze zwischen Männlichkeit und Mysterium, zwischen dem Heldentum eines Kämpfers und dem elegant gefallenen Gotteskind?

„Er sprach von einer anderen Welt", murmelte ein anderer, „von einer Herrschaft der Liebe und der Vergebung, wo die Getäuschten die Freigeborenen sein würden! Konnte das wahr sein? Würde er die Herzen der Menschen verändern?"

Barabbas schloss die Augen und stellte sich Gethsemane vor. Er sah Jesus dort knien, vom Mondlicht umhüllt, von angstvollen Gedanken gepeinigt. Der Gedanke wuchs in ihm, wie ein Saatkorn, das Wasser und Licht erhielt. Was wäre, wenn er, Barabbas, die Zeit mit diesem Mann verbringen könnte? Die Dunkelheit, die ihn umgeben hatte, schien leichter und verräterischer zu werden.

„Er hätte kämpfen können!" Ein lauterer Ruf unterbrach seine Gedanken, und Barabbas' Herz klopfte schneller. „Aber stattdessen hat er sich ergeben! Was ist das für ein Mann, der sich selbst in die Hände seiner Feinde ausliefert?"

Ein Aufschrei in der Dunkelheit – der Ruf eines Mannes, der die einfache Wahrheit nicht begreifen wollte. Barabbas dachte an sein eigenes Leben, das er im Widerstand gegen die Römer verbracht hatte. Er fühlte sich wie ein Schatten, der an der Wand des Verlieses hing, zwischen der Welt der Lebenden und der Welt, die in der Stille lag.
„Und doch – die Menschen folgen ihm. Sie sind bereit, für ihn zu leiden!"

Die Worte hingen in der Luft, wie ein zartes Gewebe, das sich um Barabbas' Herz schnürte. Er fragte sich, ob auch er diesen Glauben annehmen könnte. Hatte er die richtige Vorstellung von Macht und Stärke, oder hatte er nie die *wahre* Freiheit gekannt, die durch Hingabe geboren wird?

Er hörte, wie die Stimmen draußen lauter wurden; die Menge, die sich um Jesus versammelt hatte, die Schreie seiner Jünger, die ihn verteidigen wollten – und Barabbas fühlte einen bittersüßen Stich der Eifersucht. War dies die wahre Befreiung, nach der er gesucht hatte?

Die Kerze flackerte, und für einen Moment schien das Licht den Schatten im Verlies zu vertreiben. Barabbas öffnete die Augen und sah den schwachen Schein der Möglichkeiten – und in ihm regte sich der Zweifel, die Hoffnung und das Verlangen, mehr zu sein als nur ein verurteilter Mann, der auf den restlichen Tag wartete.

In diesem Moment wurde ihm klar, dass er in den Geschichten von Gethsemane nicht nur den Namen eines Mannes hörte, sondern das Echo einer unerhörten Wahrheit, die ihn, Barabbas, zu neuem Leben erwecken wollte. In der Dunkelheit des Verlieses begann der Funke des Wandels zu leuchten, als er den Namen insgeheim flüsterte: „Jesus". „Quatsch", dachte, „es geht hier um etwas Größeres, um die Befreiung seines Landes von den Römern!"

Verliese – Echokammern öffentlicher Ereignisse

Barabbas in der Dunkelheit des Verlieses, umgeben von dem feuchten Geruch des verrottenden Holzes und dem dumpfen Echo seiner eigenen Gedanken, begann all seine Aufmerksamkeit den Wachen zu widmen. Das taten andere Gefangene auch, aber eher aus Angst vor willkürlichen Gewalttaten. Ihn interessierten ihre Gesprächsthemen. Die Wände schienen ihm zuzuhören, beobachteten ihn mit der Stille eines verhangenen Himmels. Draußen, jenseits der schweren Tür, drangen die Stimmen der Wachen und der aufgebrachten Menge an sein Ohr. Von den

Gerüchten, die durch die Gitterstäbe der Zelle zu ihm drangen, wusste er, was dem gefangengenommenen Jesus widerfuhr. Jahr für Jahr war er lediglich ein schattenloses Nichts in der Welt, in der er lebte, ein Mann, dessen Taten und Worte in der Erzählung der Geschichte verloren gegangen waren – bis nun eine andere, viel strahlendere Präsenz aufgetaucht war.

„Er hat gesagt: Ich kann den Tempel Gottes abbrechen und in drei Tagen aufbauen." Barabbas spitzte die Ohren. Er weckte seine Neugierde, ihm war nicht klar, dass dies der Funke sein könnte, der die Dämme seiner Überzeugungen brechen können würde.

Die Stimmen, die nun im Verlies kreisten, schienen ihm Wort für Wort ein Bild dieser Jesusfigur zu malen. Ein Prophet, ein Heiler, ein Mann, der scheinbar ohne Mühe das Herz der Menschen gewonnen hatte. Im Versteckten erblühte die Stille, gefärbt von der Ungewissheit, die zwischen den Mauern hin und her schwang. Die Knochen dieser Ansichten schienen in Barabbas' Geist zu knacken. Unwillkürlich sah er sich selbst als einen von vielen, dem die Freiheit entglitt, während in nächtlicher Zeit der Unruhige gefangen war und die Hoffnungen der Menschen nach Gerechtigkeit zusammenfielen.

Die Wachen sprachen von den falschen Zeugen, die über den Nazarener aussagten, und Barabbas durchlief eine unbehagliche Gänsehaut. Verzweifeln diese Männer tatsächlich an ihrer Gerechtigkeit? Die Frage heftete sich in ihm fest. Was bedeutete es, für die Menschlichkeit zu

164

kämpfen? Und was, wenn der Prozess, den sie führten, mehr war als blinder Hass – wenn er das letzte Aufeinandertreffen von Licht und Dunkelheit war?

Schweigen folgte, und Barabbas stellte sich Gedanken vor, in denen die Widersprüche der Verhaftung aufstiegen, wie ein aufragendes Gebäude, das durch seine eigene Schwere zusammenbrach. Der Hohepriester Kaiphas wollte eine Antwort, eine Bestätigung. Das Gefühl, das Barabbas dabei durchfuhr, war fast schmerzhaft. „Die Kraft der Überzeugung", dachte er, „konnte eine Waffe sein, die zur Zerrissenheit führte."

Jesus, der Nazarener, geschlagen und beschimpft, versuchte, seinen mutigen Kopf zu heben, während die Diener und Soldaten ihn mit Fäusten traktierten. Ein Bild von einem gefallenen König. „Wer ist's, der dich schlug?", lachten einige von ihnen, und Barabbas' Herz raste. Diese Erniedrigung, dieser schreckliche Anblick ließ die Mauern des Verlieses erschüttern – sie schien die Grenzen von Raum und Zeit zu überschreiten und Barabbas in die Realität der beginnenden Schmach zu ziehen.

Und dann, während er dem Geschrei derjenigen lauschte, die über Jesus entschieden – während sie über Schuld und Unschuld urteilten – hörte er die unmissverständlichen Worte des Mannes, der sie alle in eine neue Welt führen wollte. „Du sagst es", hatte Jesus geantwortet. Die Worte hallten wie Stöße der Erkenntnis in seinem Inneren wider. Hatte dieser Mann tatsächlich den Mut besessen, die Wahrheit zu sprechen, selbst angesichts eines solchen Unrechts? Oder hatte er dem Hohepriester nur sagen wollen „Du bist es, der es sagt, weil du in meinen Kategorien nicht denken kannst!"

Der Hohepriester dachte so weit nicht, wollte nicht verstehen. Er wollte ein Urteil und riss seine Kleider, ein Zeichen der Empörung, und rief: „Er hat Gott gelästert!" In diesem Moment fühlte Barabbas eine Art Zerrissenheit in seinem eigenen Herzen – eine Verwobenheit seiner Auflehnung gegen die Römer und seiner tiefen Sehnsucht nach etwas Höherem, etwas, das seine Gefangenschaft nicht nur im physischen Sinn, sondern auch in seiner Seele überwinden könnte.

In der Dunkelheit des Verlieses löste sich der Schatten, der ihn so lange umgeben hatte, und die Einsamkeit wurde zur Basis der Reflexion, die seinen Geist durchdrang. Er wollte nicht mehr nur ein Gefangener sein, der auf einen Tod wartete. Er wollte wissen, was es bedeutete, der Menschensohn zur Rechten der Kraft zu sein. Das schien der einzige Weg der Hoffnung zu sein – Sieg über den Tod, über die Schmach, die er persönlich erdulden musste.

Und so saß Barabbas, der Gefangene, in der Finsternis und fühlte, wie der Zwiespalt in ihm wie ein Feuer brannte. „Wenn ich die Wahl hätte", murmelte er leise zu sich selbst, „würde ich für ihn kämpfen. Ich würde alles riskieren, um die Tür zu dieser neuen Welt zu öffnen." Ein Glanz der Entschlossenheit

blühte in ihm auf, während die Schatten des Verlieses sich zurückzogen.

Entscheidung kündigen sich an

Barabbas hörte den Lärm der Wachen, während sie
vor seiner Zelle lachten und schimpften. Das Echo
ihrer Stimmen hallte durch die finstere Stille des Verlieses und verwandelte jede klitzekleine Bewegung in
eine scharfe Erinnerung an seine eigene Gefangenschaft. Die Männer schienen sich köstlich über die
Lächerlichkeit seines Elends zu amüsieren, aber
Barabbas hatte andere Gedanken.

Während sie Pilatus' Fragen und Jesus' Antworten
nachäfften, regte sich etwas in ihm. „Bist du der König der Juden?", ertönte die Stimme des Statthalters,
und er hörte die Wachen, die in spöttischem Nach-
ahmen darüber lachten. „Du sagst es!" Die Worte des
Nazareners erklangen in den Foren seines Geistes,
und Barabbas konnte nicht anders, als zu denken,
dass der Mann, der gefangen war, mehr von der Welt
verstand als all diese Männer, die selbst in Freiheit
gefangen waren.

Wie oft hatte er sich gefragt, was wahre Freiheit be-
deutete? Er war ein Mann, der für seinen Glauben
kämpfte, für das, was er für richtig hielt – doch in der
Stille dieser Zelle wurde das fragile Gerüst seiner
Überzeugungen auf die Probe gestellt. Er lauschte
weiter, wie die Wachen über die vermeintliche
Dummheit von Jesu Antworten sprachen, über die
Unfähigkeit des Mannes, sich zu verteidigen. Und

dennoch wusste Barabbas, dass diese Stille dieser Sanftmut ein tiefes Wissen barg, das viel weiterging als ihre schreiende Ignoranz.

„Hörst du nicht, was sie alles gegen dich vorbringen?", fragte Pilatus mit fester Stimme. In diesem Moment fühlte Barabbas, wie sich der Raum um ihn herum verengte. Er stellte sich vor, wie es gewesen sein musste, vor diesem mächtigen Mann zu stehen, der über Leben und Tod entscheiden konnte. Pilatus war es egal, wer in seinen Augen schuldig oder unschuldig war. Für ihn war es ein politisches Manöver, nichts weiter.

Aber was war mit Jesus? Diese Frage schoss Barabbas durch den Kopf, und während die Wachen lachten, bohrte sie sich in sein Herz. „Was geht dich das an, Judas?", hörte er sie sagen, und sah das Bild des verratenen Jüngers am Fenster seiner Vorstellung. Traurigkeit ummauerte den Teil in ihm, der Unrecht und Betrug in diesem Schauspiel dieses schrecklichen Spiels voller Macht und Gier erkannte.

Die Wachen schimpften über Judas und seinen Selbstmord. Sie wussten nicht, dass der Verräter für den Mann, den sie verspotteten, das Unrecht erkannt hatte. „Ich habe gesündigt, unschuldiges Blut habe ich verraten." Barabbas fühlte die Schwere der Worte, die wie ein Stein auf seiner Brust lagen. Er teilte das Schicksal des Verräters in gewisser Weise – er war auch gefangen in den Fäden des Schicksals, das ihn an diesen Ort gebunden hatte. Was aber, wenn

Judas den Gottesplan des Jesus erkannt hatte, warum dann aber der Selbstmord?

Als die Diskussion sich um den Töpferacker drehte, den der Hohepriester kaufte, wusste Barabbas, dass dies kein gewöhnlicher Ort war. Das Verständnis, dass sie hatten, war, dass er den Preis für ihre Entscheidungen zahlen würde. „Blutacker" nannten sie ihn, und Barabbas fand in dieser Bezeichnung eine tiefere Bedeutung. Es war nicht nur ein Ort der Grausamkeiten einer Königin Isebel aus der Vergangenheit, es war auch ein Ort des Gebets und der Trauer, … und auch ein Symbol für den Preis, den sie alle zahlten, um einen weiteren Tag ihrer Spiele zu überleben.

Der Gedanke, dass dieser Ort ein Grab für Ausgestoßene werden würde, schnitt tief in die Seele von Barabbas. Wie oft hatte er sich gefragt, wo er hingehörte? Er hatte gegen das System gekämpft und war von ihm gefangen genommen worden. Ein Ort, den die Hohepriester wählten, um über den Ort des Lebens zu entscheiden – zum Grabe von Hoffnungen und Träumen.

Und dann wurde er plötzlich mit der Beurteilung von Jesus konfrontiert – dem König, den er nie hatte. Im Raum des Verlieses fühlte er, wie sich ein Funke der Rebellion in ihm regte, ein Drang, sich zu erheben und die Wahrheit auszusprechen. „Jeder Mensch ist das Ergebnis seiner Wahl", dachte Barabbas, und während die Wachen weiter über die Dummheit des

Vorbringens spotteten, fühlte er, wie die Zeit im Verlies stillstand. In diesem Moment wurde ihm klar, dass seine Sichtweise sich wandeln musste.

Das Bild des Nazareners, der vor Pilatus stand und sich nicht verteidigte, war kein Zeichen von Schwäche, sondern ein Zeichen von unerschütterlicher Kraft. Er hatte das System durchschaut, sich der Unterdrückung widersetzt und seine Unschuld mit einer derart tiefen Kühnheit bewahrt, dass es sogar das Herz des Barabbas verwandelte. Er war es, der in den Verliesen der Gefangenschaft aufblühte, der eigene Gefangene in der Dunkelheit wurde von einem Licht durchdrungen.

Barabbas stand auf, in der Dunkelheit seines Verlieses, den Aufruf zur Veränderung verinnerlicht, als die letzten Worte der Wachen um ihn herum leise verklangen. Er wusste, dass er das Gefühl der Unfreiheit überwinden konnte, auch wenn er unter dem Gewicht seiner Ketten litt. In dem Moment, da er seine eigene Existenz hinterfragte, blühte ein neuer Entschluss auf: Er würde nicht mehr nur ein passiver Zuschauer bleiben. Barabbas war bereit für die Entscheidung – bereit, für das zu kämpfen, was er bedroht sah.

Er wählte, nicht - wie Judas - in Verrat und Verzweiflung zu enden, stattdessen wurde ihm die Wahl zur Freiheit durch die unerschütterliche Präsenz Jesu vor ihm offenbart. „Ich will leben, ich will kämpfen!", rief er in Gedanken und spürte, wie die Ketten sich etwas lockerten. In der Dunkelheit riss Barabbas sich von der Pseudolebensform der Gefangenschaft los und überwand damit die Schatten, die ihn so lange gefangen gehalten hatten. „Ich bin mehr als dieses Verlies!"

Eine unerwartete politische Entscheidung

Die Kälte zerrte an meinen Gliedern, als die schwere Tür meiner Zelle knarrend aufgestoßen wurde. Ich war gefangen – weder im Gefängnis aus Stein und Eisen noch in dem Irrsinn, der mein Leben ins Chaos gestürzt hatte. Ich war gefangen in den Ereignissen meines vorherigen Lebens, die wie Geister um mich schlichen und unaufhörlich nach meiner Seele hungerten. Barabbas, der Räuber, der Verbrecher, schrieb diese dunklen Kapitel in das Buch der Menschen. Die eigentliche Frage aber war: ‚Wer war ich?'

Ein Soldat schob mich mit grober Hand voran, während ich mich mühsam aufraffte. Ich spürte die Blicke der Wachen, die gemischte Mischung aus Abneigung und Geringschätzung trugen, als sie mich durch die schattigen Korridore des Palastes führten. Mit jedem Schritt, den ich machte, hinterließ ich eine Spur der Vergangenheit, die ich mir selbst erschaffen hatte, im Staub der Geschichte. Je näher ich dem Richterstuhl kam, desto heftiger klopfte mein Herz. Konnte es wirklich sein, dass das Schicksal mich wieder einmal in die Arena einer Wahl stellte?

Als ich den großen Raum betreten durfte, floss das Licht über mich wie ein stummer Schrei. Der Richter, Pontius Pilatus, saß auf dem Hochstuhl, die Autorität selbst. Er war nicht unähnlich den Männern, die in den Schatten meiner eigenen dunklen Machenschaften hausten. Ich sah, wie er die Menge musterte, als würde er versuchen, ihre Gier nach Blut und Aufruhr zu lesen. Der Stuhl war sein Herrschaftssymbol, und ich war nichts weiter als ein Schachbrettfigürchen in diesem makabren Spiel aus Macht und Willen.

„Welchen wollt ihr?", ertönte seine Stimme, und ich fühlte, wie die Worte wie Messer in die Luft schnitten. „Jesus Barabbas oder Jesus, von dem gesagt wird, er sei der Christus?" Der Name „Barabbas" rollte über seine Lippen, als wäre ich ein Stück Fleisch, das man zum Verzehr anbot. Ich war nicht nur ein Verbrecher, ich war eine Marke, ein Symbol für den Aufstand, den die Massen suchten.

Die Menge, eine tosende Welle voller Wut und Verlangen, schien zu vibrieren. Aufgeregte Gesichter tauchten wie Geister aus der Anklage in meinem Gedächtnis auf. Sie waren hier, um zu sehen, was sie sich wünschten: einen Helden, der fähig war, das Unrecht zu rächen, oder einen Märtyrer, der das Kreuz trug. Doch ich war nicht das, was sie suchten. Mein Herz wurde schwer wie der Stein, der bald über das Urteil rollen sollte.

Ich nahm die verächtlichen Blicke der ansässigen Bürger wahr, als sie zwischen mir und dem anderen Jesus hin- und herwechselten. „Welcher von uns wird eine Freiheit genießen, die der andere niemals erfahren darf?" Es war eine Frage, die ich mir selbst nie hätte stellen können. Ich war gleichsam ein Gefangener von ihnen, von meinen Verdiensten und von der Menagerie des Lebens, die sich über Zugehörigkeit und Verstehen gleichsam hinweghob.

Aus dem Augenwinkel sah ich Pilatus' Frau. Unwillkürlich zuckte ich zusammen, als sie ihm leise etwas zuflüsterte. „Habe du nichts zu schaffen mit diesem Gerechten", sagten ihre Lippen offenbar, und ich spürte einen Einschnitt in der Luft, als ob das Universum selbst den Atem anhielt. Warum fragte sie, warum schickte sie diese warnenden Träume? Hatte ich, Barabbas, wirklich das Recht auf Freiheit? Die Ungewissheit lastete schwer auf mir, als ich für einen flüchtigen Augenblick den Fehler in meiner eigenen Existenz erkannte.

In mir braute sich eine Empörung zusammen. Ich war nicht nur ein Symbol, ich war ein Mensch, und ich hatte es satt, das Spiel für die Gier anderer zu verlieren. Plötzlich überkam mich der unwiderstehliche Wunsch, zu schreien, sich zu erklären, sich selbst zu retten vor dieser missratenen Entscheidung, die bald getroffen werden würde.

Ich stand da, als Pilatus aufstöhnte. Er unterbreitete das Angebot an die Menge, erwog die Ungeheuerlichkeiten, die er im Herzen trug, und ich war ein Quell seiner eigenen Qual. Mit jedem Moment wurde deutlich, dass meine Freiheit von den Launen und dem Groll anderer abhing. Und in einem selbstgerechten Aufbegehren wollte ich sagen: „Hört auf, mich zu betrachten, als wäre ich nichts als Fleisch und Blut!"

Die Stimmen der Menschen wuchsen wie ein Sturm an; ein tosender Raum voller Wünsche, voller Seelen, die gegen die Ketten ihrer Enttäuschungen ankämpften. Sie verlangten nach einem von uns, und ich wusste, dass die Entscheidung, die der Statthalter zu fällen hatte, nicht nur mein Schicksal, sondern das Schicksal eines unschuldigen Menschen betraf.

Das Echo ihrer Stimmen hüllte mich ein, während ich dort stand und auf das Urteil wartete. Barabbas, der Verbrecher, der von den Menschen für ihre Freiheit gewählt werden könnte – doch was bedeutete das für den anderen Jesus, der für die heilende Botschaft des Friedens stand? War ich bereit, in dieser Entscheidung meine eigene Freiheit loszulassen, was ich einst als mein schlechtes Erbe gedacht hatte?

Die Entscheidung fiel, und während der Lärm um mich herum immer wilder wurde, fragte ich mich, wie wir in diesem Chaos, das die Welt zusammenbrachte, vergängliche Wesen schaffen konnten, die aus Licht und Dunkelheit entstanden waren.

Mit einem inneren Aufbegehren schloss ich die Augen und versuchte, den Sturm der Stimmen, das Geschrei der Menge und das Flüstern meines eigenen Herzens zu besänftigen. Ich war Jesus Barabbas, und in diesem Moment hatte ich das Gefühl, dass das Schicksal über mir schwebte, bereit, mich in die Dunkelheit oder ins Licht zu führen.

Barabbas – Die Last der Freiheit

Die Schreie der Menge hallten nach, während das Gewicht der Entscheidung in der Luft lag. „Barabbas!" riefen sie laut, als ob das Wort selbst eine dunkle Prophezeiung heraufbeschwor und die Stadt mit der Hitze ihrer Wut durchzog. Mein Herz klopfte wilder, als *ich* im Zentrum der Aufmerksamkeit stand, ein Mann zwischen zwei Welten, zwischen Leben und Tod.

Ich sah Pilatus an, dessen Gesicht desinteressiert zwischen Macht und Pflicht schwankte. „Welchen wollt ihr?", fragte er erneut, als ob er die Antwort bereits kannte. Und da war es, mein Name, **„Barabbas"**, gepresst zwischen den Lippen der aufgebrachten Menschen wie ein Weihrauchopfer, ein Ruf nach einem Verbrecher, der für seine Taten zur Rechenschaft gezogen werden sollte. Ich war der Symbolträger ihrer Wahl, und die Scham eilte mir angesichts meines Gegenübers voraus.
Die Priester und Ältesten hatten das Volk überredet. Sie hatten das Brot der Unruhe in ihren Herzen gebrochen. Sie hatten es erreicht, mir die Möglichkeit zu nehmen, je wieder Hoffnung zu schöpfen, selbst wenn ich vor wenigen Tagen noch gelebt hätte als derjenige, den sie als ihren Helden sahen – ein Held der Gewalt.

„Jetzt", dachte ich, „werde ich gerichtet, obwohl ich nicht der war, der gerichtet werden sollte." Pilatus holte tief Luft, als er fragte: „Was soll ich denn mit

Jesus tun, von dem gesagt wird, er sei der Christus?" Die Menschen schrien: „Lass ihn kreuzigen!" Ihre Stimmen, gleich einer überragenden Welle, die jede andere Stimme der Vernunft verschlang, die an das Gute in den Herzen appellieren wollte. „Was hat er denn Böses getan?", rief Pilatus verzweifelt, doch seine Worte verlor sich im Geschrei des Volkes.

Ich wurde im Grunde wie ein Tier geschlachtet, während sie demonstrierten, dass die Freiheit meine war, während ich in der Dunkelheit lebte. Während der Lärm um mich hindurch rauschte, wuchs die Erkenntnis in mir, die wie ein Dolch in mein Herz schnitt: Diese Leute suchten nicht das Gute. Sie waren nicht für mich. Sie waren hier für ihre eigenen Ängste und Zweifel, und ich war nichts weiter als ein Sündenbock, der nun scheinbar mein Gegenüber war.

Da sah ich, wie Pilatus sich schließlich Wasser nahm und sich die Hände wusch. „Ich bin unschuldig am Blut dieses Menschen", sagte er mit Blick auf Jesus, den aus Nazareth. So einfach war es für ihn, dachte ich – seine Hände gewaschen, während das Unglück der Menschheit auf meinen Schultern lastete. Das Volk aber rief: „Sein Blut komme über uns und unsere Kinder!" Ihre Worte hallten in mir wider, und ich erkannte, dass ich eine Freiheit erfuhr, die vielleicht zur Verdammnis führte.

Als er schließlich den Befehl gab, mich loszulassen, war es, als ob jemand einem Hund den Namen des Herrchens zurief. Ich zitterte, während ich begriff, dass mich, Barabbas, die Wahl getroffen hatte, die keine Wahl sein durfte. Ich war der Verbrecher, der für das Leben eines unschuldigen Mannes verantwortlich war, dessen einziges Verbrechen es war, die Botschaft des Friedens zu bringen.

Die Soldaten führten mich davon, während sie den anderen Jesus gefangen hielten. Ich hörte die Schreie der Menge, die die Dornenkrone und den roten Mantel ertrugen, während sie ihn verspotteten. Die Erniedrigung lag schwer in der Luft, und ich wollte schreien, wollte die Stille durchbrechen, um zu sagen, wie ungerecht das war! Doch ich war nur ein Pfand, das aus dem Dunkel ins Licht gelangte. Ich war Barabbas – der Befreite.

Konnte ich die Freude der Freiheit wirklich genießen, wenn ich wusste, dass sie auf Kosten eines Unschuldigen erlangt worden war? Ich wanderte durch die Straßen Jerusalems, die Gedanken wirbelten, und die Fragen bohrten sich wie feurige Pfeile in mein Hirn. Hatten die Priester ihresgleichen befreit? War ich der Sündenbock für einen gnadenlosen Gott? ‚Was hieß das für dich, Barabbas?'

Frei von den Ketten, die mich gebunden hatten, meine Füße berührten den Boden, aber mein Geist war gefangen. Was bedeutete Freiheit, wenn sie auf dem Blut eines anderen gebaut war? War ich nicht auch ein Teil ihrer Ketten? Durch einen gekreuzigten Mann lebte ich, und ich würde mit ihm sterben, wenn ich mich nicht erinnern konnte, was mich wirklich freimachen würde.

Inmitten der Menschen, die jubelten, sah ich das Bild von Jesus vor meinem inneren Auge. Er zeigte mir einen Weg, von dem ich nichts wusste. Vielleicht war ich nicht nur ein Verbrecher, sondern auch ein Mensch, der die Dunkelheit hinter sich lassen konnte. Das Licht, das er in jeder Klage und jedem Schrei trug, könnte auch mein Weg sein. Ich hatte die Freiheit der Welt erlangt, aber wozu? Das wahre Leben begann erst jetzt für mich.

Und dennoch, als ich mich umdrehte und die betenden Menschen hinter mir sah, konnte ich nicht anders, als in die Dunkelheit zu blicken, die ich zurückließ. Ich war Barabbas, einst ein Gefangener, und jetzt ein Freier, aber mit dieser Freiheit kam die Aufgabe, mein eigenes Geschick in die Hände des Wahren zu legen. Der Lichtbringer war es, der sich für alles opferte. Vielleicht war die Antwort, nach der ich suchte, nicht in der Flucht vor meinen Taten zu finden, ...

Ein stiller Beobachter.

Ich entschloss mich, zu beobachten, was Jesus widerfahren würde. Und ich sah: Und als sie ihn verspottet hatten, zogen sie ihm den Mantel aus, auch seine Kleider und führten ihn ab, um ihn zu kreuzigen. Als sie hinausgingen, fanden sie einen Mann aus Kyrene mit Namen Simon, den sie zwangen, sein Kreuz zu tragen. Da sie an die Stätte kamen mit Namen Golgatha, das heißt: Schädelstätte, gaben sie ihm Wein mit Galle vermischt zu trinken; und da er's wahrnahm, wollte er nicht trinken. Als sie ihn dann gekreuzigt hatten, verteilten sie seine Kleider und warfen das Los um sein ungenähtes, rundgewebtes Gewand. Dann sie saßen da und bewachten ihn. Oben über sein Haupt setzten sie eine Tafel mit der Aufschrift über die Ursache seines Todes: *Dies ist Jesus, der Juden König.*

Und es wurden zwei Räuber mit ihm gekreuzigt, einer zur Rechten und einer zur Linken. Und alle, die vorübergingen, lästerten über ihn und schüttelten ihre Köpfe und sprachen: ‚Du wolltest den Tempel abbrechen und ihn dann auf in drei Tagen aufbauen, hilf dir also selber, wenn du Gottes Sohn bist, und steig herab vom Kreuz!

Desgleichen spotteten auch die ‚Priester mit den Schriftgelehrten und Ältesten und sprachen: ‚Anderen hat er geholfen, aber kann sich selber nicht helfen. Er ist der König von Israel, er steige einfach herab vom Kreuz. Dann wollen wir an ihn glauben.‘ ‚Er hat Gott vertraut; der erlöse ihn nun, wenn er Gefallen an ihm hat; denn er hat gesagt: „Ich bin Gottes Sohn.“‘ Ebenso pöbelten auch die Räuber gegen ihn, die mit ihm gekreuzigt wurden.

Von der sechsten Stunde an kam dann eine Finsternis über das ganze Land bis zur neunten Stunde. Und um die neunte Stunde schrie Jesus laut. Es klang wie: Eli, Eli, lama asabtani? Das, so wurde mir von anderen Beobachtern gesagt, heißt: „Mein Gott, mein Gott, wozu hast du mich verlassen?“

Einige aber, die dabeistanden, als sie das hörten, sprachen sie: ‚Der ruft Elias an.‘ Und sogleich lief einer von ihnen, nahm einen Schwamm und füllte ihn mit Essig und steckte ihn auf ein Rohr und gab ihm zu trinken.

Die andern aber sprachen: „Halt, lasst uns sehen, ob Elia kommt und ihm hilft!"

Jesus schrie noch einmal laut und verschied.

Da zerriss der Vorhang im Tempel in zwei Stücke von oben an bis unten, die Erde erbebte, die Felsen zerrissen, die Gräber taten sich auf und die Leiber der entschlafenen Heiligen standen auf. Sie gingen aus den Gräbern nach seiner Auferstehung, kamen dann in die Heilige Stadt und erschienen vielen.

Als aber der Hauptmann und die, die mit ihm Jesus bewachten das Erdbeben sahen und alles, was da geschah, erschraken sie sehr und sprachen: „Wahrlich, dieser ist Gottes Sohn gewesen!"

Es waren auch viele Frauen da, die von ferne zusahen; die waren Jesus aus Galiläa nachgefolgt und hatten ihm gedient; unter diesen war Maria Magdalena und Maria, die Mutter des Jakobus und Josef, und die Mutter der Söhne des Zebedäus.

Der innere Konflikt des Barabbas

Die Wunden der Vergangenheit öffneten sich, als Barabbas durch die Straßen Jerusalems ging, seine Gedanken waren schwer wie die Ketten, die er hinter sich gelassen hatte. Er war frei, aber die Freiheit schien wie ein nächtlicher Himmel ohne Sterne: trüb und unerreichbar. Jeder Schritt erinnerte ihn daran, dass er nicht nur für sich selbst kämpfte – er trug die

Träume und Hoffnungen der Menschen, die hinter ihm zurückgeblieben waren.

Die Erinnerungen überfluteten ihn wie die Fluten eines reißenden Stroms, während er die vertrauten Gassen entlangschritt. Er sah sich selbst, ein kleiner Junge mit wirren Locken und schmutzigen Füßen, der in den klapprigen Hütten am Rande des Marktes lebte. Seine Mutter war eine fröhliche Frau, die ihm Geschichten von Helden und Göttern erzählte, während ihr Magen wie der seine knurrte und ihre Augen vor Hunger glänzten.

Die harten Realitäten der Armut und der Ausbeutung schlichen sich in ihr Leben ein. Väter, die nicht zurückkehrten, und Mütter, die unter dem Druck von Schulden, Krankheiten und der gnadenlosen Welt zusammenbrachen. Die Freude wuchs in den dunklen Ecken des Lebens, und das Lachen, das einst durch die Wände seines Zuhauses gehallt hatte, wurde von Weinen und Stöhnen ersetzt.

Barabbas sah ihn klar vor sich, den unsichtbaren Feind, der die Menschen zu Verzweiflung trieb. Wenn die Nacht hereinbrach, zogen sich die Männer mit dem feigen Mut des Alkohols und der Drogen zurück, um sich ihren Frust von der Seele zu prügeln. Er beobachtete, wie seine Mutter verzweifelt suchte – nach Liebe, nach Erlösung, nach einem Funken Hoffnung. Aus den Schreien des Kampfes und den Klängen des Gebets wurde sein Herz schwer, und er schwor sich, nicht in die Fußstapfen derer zu treten, die die Schwachen ausbeuteten und unterdrückten.

Die Jahre vergingen, und das Versprechen von einst verwandelte sich in bitteren Zynismus, während die Fäuste der Realität ihn niederdrückten. Als er aufwuchs, wurde der Junge, der nie aufgeben wollte, zum Mann, der das Gefühl der Ohnmacht in Wut ummünzte. Barabbas fand Gefährten in den dunklen Gassen, und gemeinsam beschrieben sie das Bild eines neuen Lebens: von Freiheit, Respekt und Stärke, die sie sich mit Gewalt erkämpfen mussten.

„Es gibt nichts zu verlieren", hatte einer seiner Freunde gesagt, der mit schimmerndem Blick von den Reichtümern der Stadt sprach, die nur den Mächtigen zustanden. Aus den anfänglichen Streichen wurden Überfälle, und schließlich war Barabbas in einen Strudel aus Verbrechen und Chaos hineingezogen. Die Stimme der Gerechtigkeit, die einst in ihm geflüstert hatte, verstummte zunehmend unter dem Geschrei des Überlebenswillens.

Die ersten Mal, als er das kalte Metall einer Klinge hielt, dachte er, dass er die Welle der Ungerechtigkeit brechen könnte, dass er endlich die Kontrolle hatte. Doch je tiefer er fiel, desto mehr erkannte er, dass er ein Sklave – nicht nur an den Ketten des Gesetzes, sondern an den Fesseln seiner Taten war.

Jetzt, Wochen nach seiner Befreiung, spürte er, wie die Stimmen derer, die er verletzt hatte, in seinem Geiste umherirrten: Denn die Gassen, die er durchstreifte, waren nun die gleichen, in denen er als Junge gespielt hatte – die gleichen Gassen, die heute von Männern, Frauen und Kindern gefüllt waren, die unter dem Druck der Ungerechtigkeiten litten. Barabbas erkannte, dass seine Freiheit nicht nur für ihn selbst war – sie war auch für die, die die Ketten der Unterdrückung trugen.

Er hatte einst geglaubt, dass Macht allein ihn befähigen würde frei zu sein. Doch jetzt, während er durch die Straßen schritt, spürte er, wie die Identität der Menschen um ihn herum zu seinem eigenen wurde. Ihre Hoffnung war er, und ihre Träume trugen ihn weiter. Er war nicht nur ein Verbrecher, sondern ein verletzter Mensch, der die frischen Wunden der Stadt in seinem eigenen Herzen trug.

Die Rückblenden seiner Kindheit brannten wie lebendige Flammen in seinem Gedächtnis. Erinnerungen daran, wie seine Mutter ihm beibrachte, Prinzipien zu leben, die im Gefängnis der Unterdrückung nie Platz fanden. Jetzt, in seinem Inneren, erwachte die Frage: Konnte er die dunkle Vergangenheit hinter sich lassen und für die Menschen kämpfen, die keinen anderen hatten?

Barabbas fand sich vor dem Tempel wieder, wo Menschen sich versammelten, um zu beten und die Erlösung zu suchen. Der Gedanke, den anderen lebenden Menschen zu helfen, erfüllte ihn mit einem neuen Lebenssinn. „Ich werde nicht länger für mich selbst kämpfen", flüsterte er, „sondern für die, die keinen anderen haben und die leben mussten, ohne je ihre Sehnsucht stillen zu können."

Im Echo dieser Worte fand Barabbas einen Funken Hoffnung. Er wusste, dass der Weg zur Erlösung nicht leicht sein würde, aber vielleicht, nur vielleicht, könnte er einen Unterschied machen. Indem er die Schatten seiner eigenen Vergangenheit sah und die Dunkelheit akzeptierte, die ihn umhüllte, konnte er den Menschen helfen, nicht um sie zu retten, aber wenigstens, um sich selbst zu finden.

Und so setzte Barabbas mit dem Mut, der ihm lange gefehlt hatte, einen neuen Schritt in die Zukunft – nicht als Verbrecher, sondern als ein Mann, der bereit war, die Ketten von Unrecht und Gewalt zu sprengen und die Hoffnung in die Welt zurückzubringen.

Barabbas – Die Suche nach Sinn

Die Straßen Jerusalems waren belebt, und Barabbas schlenderte durch die Menschenmassen, während seine Gedanken wirbelten – ein Sturm der Fragen, der nicht aufhörte. Mit jedem Schritt, den er tat, schienen die Fragen umso drängender zu werden, als ob sie ihn in die Enge treiben wollten. Der Schrei seiner Seele war lauter als der Lärm der Stadt, und er wusste, dass er etwas tun musste, um den inneren Konflikt zu lösen.

„Warum wurde mir das Leben geschenkt?", fragte Barabbas sich immer wieder. Er spürte, dass die Freiheit nicht einfach ein Geschenk war; es war eine Bürde, die sich wie ein schweres Gewand um seinen Körper legt. In seiner Flucht vor dem Tod hatte er die Last des Lebens angenommen, aber nun überkam ihn die Frage: Was bedeutete dieses neue Leben für ihn? War es nur eine Flucht aus den Ketten oder war es etwas Größeres?

In den Tempelgängen sah er die Gläubigen, die beteten, die Hände erhoben und ihre Stimmen mit Hoffnung erfüllten. „Glaubt ihr, für was kämpft ihr?", fragte er sich. Er merkte, dass er sich danach sehnte, in diese *Suche nach Sinn und Erfüllung* einzutauchen. Doch was war seine Bestimmung in dieser geduldigen Menschenmenge, die sich in Demut vor das Göttliche kniete?

Er erinnerte sich an die Worte seiner Mutter: „Barabbas, wir sind hier, um zu lernen und um zu wachsen. Wir tragen die Geschichten in uns, die uns leiten. Jedes Leben hat einen Zweck." Doch in seinem Herzen zerrissen die Seiten dieser Geschichte – er hatte Leben genommen und nichts hinterlassen, was er hätte zurückgeben können.

Auf einem kleinen Marktplatz setzte sich Barabbas auf eine Steinbank und beobachtete die Verkäufer und Käufer, die geschäftig umherliefen. Er spürte, wie die Frage nach seinen Werten und Überzeugungen ihn wie ein unbekannter Verfolger nachging. Er hatte sich Jahr für Jahr in den Kämpfen der Gassen und der kriminellen Aufstände verloren, aber jetzt, in der Stille des Augenblicks, wurde ihm klar, dass sein Leben nicht nur aus dem Überleben bestehen konnte.

„Was sind meine Werte? Was beeinflusst mein Handeln?", murmelte er leise. Vielleicht waren seine Taten bislang von Verzweiflung und Gier bestimmt. Was, wenn er den Mut aufbrachte, neue Prinzipien zu wählen? Er sah die Menschen um sich herum – ihre Erwartungen, ihre Ängste und Hoffnungen. In den Gesichtern der Passanten suchte er nach Antworten.

Es war der alte Mann, der diese Wirkung hatte, der mit seiner sanften Stimme die Worte der Weisheit sprach: „Ein Mann ist nicht die Summe seiner Taten, sondern auch das, was er bereit ist, besser zu machen." Barabbas spürte, wie diese einfachen Worte in ihm nachhallten. Vielleicht war es an der Zeit, seine Werte zu überdenken, zu akzeptieren, dass er nicht im Dunkeln leben musste, sondern dass er anderen auch das Licht in deren Leben bringen konnte.

Und doch … mit der Freiheit kam auch die drückende Last der Schuld und Verantwortung. Das Bild von Jesus wurde für Barabbas immer präsenter. Der Mann, der für ihn den Tod auf sich genommen hatte, war nicht nur ein Unbekannter. Er war die Verkörperung von allem, was Barabbas verloren hatte – Gnade, Mitgefühl, die Möglichkeit zu vergeben.

„Was würde ich tun, wenn ich an seiner Stelle wäre?", fragte sich Barabbas quälend. Diese Frage nagte an ihm, während er sich an die schweren Ketten der Schuld erinnerte, die er sich selbst anlegte. Wie konnte er die Verantwortung tragen für einen anderen, wenn er nicht einmal die Verantwortung für sein eigenes Leben übernommen hatte?

Er wanderte an den Rand der Stadt, zum Ölberg, und ließ seinen Blick über die Stadt schweifen. In der Ferne erkannte er den Hügel, auf dem die Stimme der Gerechtigkeit still geworden war. Das Bild des gekreuzigten Mannes drängte sich ihm auf, und eine unendliche Traurigkeit überkam ihn. Er war der Befreite, aber um welchen Preis? War das Leben, das ihm gegeben wurde, wirklich ein Geschenk, oder war es eine grausame Erinnerung an das, was hätte sein können?

Barabbas spürte, dass er seine Schulden nicht mit Symbolen von Reue begleichen konnte, sondern mit Taten. „Was kann ich tun, um die Dunkelheit zu erhellen, die ich hinterlassen habe?", fragte er sich und beschloss, mit den Menschen zu sprechen, die er einst verachtet hatte.

Er sah eine Gruppe von Kindern, die fröhlich in einer Gasse spielten. Ihre ungestüme Energie und Unschuld erinnerten ihn an *das*, was er einst selbst gewesen war. Mutig trat er zu ihnen und fragte: „Was macht euch glücklich?" Ihre Augen leuchteten auf, als sie von ihren Träumen und Spielen sprachen. In ihnen sah er den Funken des Lebens, den er verloren hatte, und er wusste, dass er für die Jüngsten unter ihnen da sein wollte.

In den folgenden Wochen suchte Barabbas in der Stadt nach jenen, die im Schatten lebten. Er wollte ihnen helfen, wo er konnte. Er sammelte Lebens-mittel für die Hungrigen und bot seine Stärke den Schwächeren an. Es mag nicht genug sein, um die Vergangenheit wieder gut zu machen, aber es war ein Anfang.

Während er sich durch die Straßen arbeitete, fiel ihm auf, dass die Menschen begannen, ihn in einem an-deren Licht zu sehen. Anfänglich wurde er misstrau-isch beäugt, doch mit der Zeit erkannten sie die Auf-richtigkeit seiner Bemühungen. Er hatte sich von einem Verbrecher in einen Helfer gewandelt und fand damit einen Sinn in der Existenz, nach dem er so lan-ge gesucht hatte.

Eines nachts, als Barabbas an einem kleinen Feuer saß und die Sterne betrachtete, kam ihm die Er-kenntnis: „Die Bedeutung meines Lebens besteht nicht darin, eine gewaltige Rolle zu spielen, sondern darin, für andere ein Licht zu sein. Wir sind alle ver-bunden durch das, was wir empfinden und teilen. Ich kann sogar für die Gerechtigkeit kämpfen, die ich selbst verfehlt habe."

Das Bild Jesu kam in seine Gedanken zurück – der Bote von Frieden und Versöhnung. Er hatte sein Martyrium nicht nur für sich selbst erduldet, sondern um den anderen eine Chance zu geben, um ihnen zu zeigen, was es heißt, menschlich zu sein. Und ir-gendwie hatte er die Mächtigen auch beschämt, der leidende, der durch seine Güte und Klugheit auch die Gewalt der Mächtigen bloßstellte und so durchbrach. Barabbas wusste, dass er auf einem ähnlichen Weg war, auch wenn er noch lange nicht an dem Punkt war, an dem er sein ganzes Leben umgestaltet hatte.

Er fühlte, dass seine Reise gerade erst begann. Barabbas war nicht mehr nur ein Verbrecher, ein Strohmann in den Händen der Schicksalskräfte. Er war ein Mensch, der Erkenntnis erlangte und der sich dem Kampf für Gerechtigkeit und Erlösung widmete. Und so stellte er sich den Fragen, die ihn quälten – und fand sich selbst in der Suche nach anderen.

Barabbas – Suche nach wahrhaftigem Leben

Die ersten Sonnenstrahlen breiteten sich über das alte Jerusalem und tauchten die Stadt in weiches Licht. Barabbas stand am Rand eines kleinen Marktplatzes und beobachtete, wie die Menschen langsam ihre täglichen Geschäfte aufnahmen. Der Anblick führte ihn zurück zu seinen Gedanken. **„Was bedeutet wahrhaftes Leben für mich?"**, fragte er sich erneut.

Die Antwort war nicht klar, sondern schimmerte wie der glitzernde Morgentau und entzog sich ihm auch ständig. In den letzten Wochen hatte er viele Verletzungen durch seine Taten gesehen, hatte die Wunden seiner Vergangenheit betrachtet und versuchte nun, die Fragmente seines Lebens zusammenzufügen. Erlösung bedeutete für ihn nicht nur eine Flucht vor den Fesseln der Vergangenheit; es war gleichzeitig ein neuer Anfang – eine Chance, das Leben neu zu gestalten, die Wunden zu heilen, die er anderen zugefügt hatte, und den Schimmer von Hoffnung in die Herzen derjenigen zurückzubringen, die in Dunkelheit lebten.

„Wie kann ich mit meiner Vergangenheit umgehen?", fragte er sich dabei, während die Kinder fröhlich um ihn herum miteinander spielten. Ihr Lachen erinnerte ihn an die Unschuld, die er verloren hatte, und es flüsterte ihm, dass die Zukunft in der Gegenwart geschmiedet wurde. Er wusste, dass er nicht einfach vergessen konnte, was geschehen war, aber vielleicht konnte er seinen Weg in die Zukunft umarmen, statt seine Vergangenheit zu fürchten.

Als er weiter durch die Straßen ging, wurde ihm eine andere Frage bewusst: **„Was ist der Wert von Gemeinschaft und Beziehungen?"** Die Menschen um ihn herum schienen ihn nicht mehr nur als den Verbrecher zu sehen, der er einst gewesen war. Sie sahen in ihm einen Freund, einen Verbündeten. Barabbas dachte darüber nach, wie wichtig die Menschen waren, die ihn jetzt umgaben – sie waren das Fundament, auf dem er seine neue Identität aufbaute. Er erinnerte sich, wie einsam er sich früher gefühlt hatte, trotz der vielen Gefährten, die ihn umgaben. Heute aber erkannte er, dass echte Beziehungen dazu beitragen konnten, die Einsamkeit zu vertreiben. Die Nachbarn, denen er nun half, die Kinder, die ihm Fröhlichkeit schenkten, und die alten Männer, die ihm Geschichten erzählten – sie alle gaben ihm den Sinn und die Verbindung, die er so dringend gesucht hatte.

In der Gemeinschaft fand Barabbas Trost und Inspiration. „Gemeinschaft bedeutet nicht nur, zusammenzukommen, sondern sich gegenseitig zu unterstützen, füreinander zu kämpfen und die Lasten des Lebens zu tragen", murmelte er vor sich hin. Er war entschlossen, seinen Teil beizutragen und die Verbindungen zu stärken, die ihm das Gefühl von Zugehörigkeit gaben.

Nach einiger Zeit begann sich in Barabbas die Frage zu formen: **„Was hinterlasse ich der Welt?"** Als er durch die Straßen schlenderte, wurde ihm klar, dass er nicht nur für sich selbst lebte, sondern für die Erinnerungen, die er hinterlassen würde. „Wie möchte ich in Erinnerung bleiben?", dachte er. Das Bild eines Verbrechers und Ignoranten wollte er hinter sich lassen, und stattdessen ein *Erbe der Hoffnung* und Unterstützung schaffen.

Er stellte sich vor, wie die Menschen später über ihn redeten – nicht als den Mann, der gescheitert war, sondern als den, der eine zweite Chance nutzte, um anderen zu helfen. Er wollte, dass sie sagten, er habe aus seinen Fehlern gelernt und die entgegengebrachten Gaben genutzt, um das Leben anderer zu bereichern. Diese Gedanken erfüllten ihn mit neuer Zuversicht.

Mit jedem Kind, dem er ein Lächeln schenkte, mit jedem alten Mann, dem er half, fand er ein Stück seines Vermächtnisses. „Ich kann mehr sein, als ich einst war", flüsterte er in sich hinein und dachte an all die Möglichkeiten, die noch vor ihm lagen. Der Gedanke, dass seine Taten einen positiven Einfluss auf die Zukunft haben könnten, erfüllte ihn mit neuer Lebenskraft.

Barabbas beschloss, das zu tun, was er am besten konnte: die Menschen zu unterstützen. Er begann, Programme für die ‚gestrauchelten' Jugendlichen der Stadt zu organisieren, in denen sie nicht nur von ihm, sondern auch voneinander lernen konnten. „Was kann ich ihnen beibringen?", fragte er sich oft, und er erkannte schnell, dass er am meisten über die Reue, die Veränderung und die Kraft des Neuanfangs verfügte.

Er nahm das Wissen einer alten Frau in die Hand, die sagte: *Jeder kann ein Licht für andere sein, solange du bereit bist, deine Dunkelheit anzuerkennen.* Diese Worte schoben ihn in die Richtung künftiger Taten. Barabbas brachte Jugendliche zusammen, ließ sie inspirierende Geschichten erzählen und zeigte ihnen, dass die Wahl, die sie treffen konnten, einen Unterschied machte. Die Träume, die sie hegten, waren die Prinzipien, die sie lebten, und die Geschichten, die sie hinterließen, würden die Wunden anderer Menschen heilen.

Die spirituelle Transformation, die Barabbas durchlebte, war nicht nur seine eigene – sie wurde die der gesamten Gemeinschaft. Die Kluft zwischen den Generationen überbrückte er, und die Mitmenschen zeigten sich mehr einander verbunden denn je.

Barabbas

Eines Abends, als die Sonne hinter den Hügeln unterging und die Stadt in goldenes Licht tauchte, stand Barabbas wieder am Ölberg. „Hier begann mein neuer Weg", dachte er und blickte auf die Stadt. Er hatte die Freiheit erlangt und die Dunkelheit hinter sich gelassen, was ihm als Fluch erschien, wurde nun zu seinem lichtvollen Zeichen.

Er wusste, dass er niemals die Wunden der Vergangenheit ganz würde heilen können, doch er war entschlossen, alles zu reparieren, was er einst verletzt hatte. In den Gesichtern der Menschen um ihn herum sah er angefangene Geschichten, ein fortlaufendes Mosaik, bei dem er unwissentlich dazu beigetragen hatte, es zu zerstückeln.

Die Fragen, die ihn einst quälten, hatten ihm seinen Platz und seine Bestimmung gegeben: „Wahrhaftes Leben bedeutet nicht nur, sich vom Bösen abzuschneiden, sondern Licht und Liebe zu suchen und diejenigen um sich zu versammeln, die den großen Weg des Lebens mitgehen. Es ist die Gemeinschaft, die einen ernsthaften Neuanfang begleiten kann."

Und mit einem tiefen Atemzug fühlte Barabbas, dass er in diesem Moment nicht nur lebte, sondern Teil von etwas Größerem war – ein Licht für die vielen, die in Dunkelheit lebten. Er war Barabbas, und dieses Mal war er bereit, wirklich zu leben.

Epilog: Das Gewicht der Freiheit

Barabbas saß auf einem alten Stein am Rand des Ölbergs und blickte auf die schimmernde Stadt Jerusalem, die sich in den letzten Strahlen der untergehenden Sonne ausbreitete. Die silbernen Dächer der Häuser funkelten wie Erinnerungen, die an der Oberfläche seiner Gedanken schwammen. Es war ein Anblick, der einst Freude in ihm ausgelöst hatte, doch jetzt mischte sich in diese Schönheit ein Gefühl der Schwere.

Zurücksinkend auf den Stein, spürte er das Gewicht seiner Entscheidungen – die der Vergangenheit und die der Gegenwart. Wie oft hatten die Menschen um ihn herum ihn feierlich als den „Befreiten" bezeichnet, als wäre diese abgeleitete Freiheit ein Segen, eine Vollmacht, die ihn über das Dunkel seiner Taten erheben würde. Doch mit dieser Freiheit kam keine Leichtigkeit; vielmehr wurde ihm klar, dass wahres Leben nicht nur aus der Abwesenheit von Ketten bestand.

„Was mache ich aus diesem geschenkten Leben?", murmelte er vor sich hin, während die Dämmerung wie ein sanfter Schleier über die Stadt fiel. Er erinnerte sich an den Moment, in dem die Menge ihn gewählt hatte – ein einfaches Ja zu seiner Freiheit, gleichzeitig jedoch ein schmerzhaftes Nein zu einem anderen. Jesus, der geliebte Sohn des Menschen, war für seine Erlösung gestorben, und Barabbas war als einziger übriggeblieben.

Er fühlte das Gewicht der Schuld, das in den Ecken seiner Seele lauerte – die unaufhörlichen Fragen, die in seinen Gedanken umherschwirrten: „Kann ich jemals gut genug sein? Wie kann ich den Preis zahlen für das, was ich genommen habe?" Seine Freiheit war ein schwieriges Erbe, ein zweischneidiges Schwert. Der Weg der Erlösung erschien ihm oft steinig und ungewiss, während die Versprechen von Menschlichkeit und Gnade wie flüchtiger Nebel außerhalb seiner Reichweite schienen.

Barabbas sah, wie die Sterne am Himmel zu leuchten begannen, und für einen Moment kehrte die Erinnerungen zurück – die Geschichten seiner Kindheit, das Elend seiner Mutter, das der Kinder, ... und die Kinder, die er nun sieht, sieht er lachen. Diese Erinnerungen umhüllten ihn mit einer Sehnsucht nach einem besseren Morgen – einem Morgen, in dem das Gewicht der Vergangenheit wie Staub verwehte und die Zukunft in aller Pracht leuchtete.

„Kann ich meinen Weg ändern?", fragte er sich. „Kann ich eines Tages die Wunden derer heilen, die ich verletzt habe?" Die Frage schmerzte, doch sie war auch ein Funken, der gleißendes Licht in die Dunkelheit brachte. Er wusste, dass er nicht der einzige Mensch war, der Fehler gemacht hatte. Jeder trug die Last seines eigenen Lebens, die Last von Entscheidungen, die oft zwischen den grauen Zonen von Gut und Böse balancierten.

„Erlösung zu wahrhaftem Leben", dachte er, „kann keine einmalige Geste, kein einmaliger Moment sein.

Es ist ein fortwährender Prozess – ein Lauf, den ich voll und ganz annehmen muss. Es erfordert Mut, jeden Tag neu zu wählen und die Dunkelheit mit Licht zu durchdringen."

In diesem Moment der Einsicht fühlte er die Schwingungen der Hoffnung in sich pulsieren. Freiheit war nicht nur ein Geschenk, sondern auch eine *Verantwortung*, die er annehmen musste, die nur *er* annehmen konnte. Und er war bereit, die Last dieser Verantwortung in die Tat umzusetzen. Barabbas wusste, dass jeder Schritt, den er heute machte, das Schreiten eines Fußes auf den schmalen Grat zwischen Leben und Tod bedeutete – und er wollte nicht nur existieren. Er wollte einen Sinn finden und tiefere Verbindungen aufbauen, die seine Identität prägten und die Schatten vertreiben konnten.

Während die Nacht über Jerusalem hereinbrach und die Sterne die Kluft zwischen Himmel und Erde überbrückten, ließ Barabbas die Fragen um sich selbst zur Ruhe kommen. Er war Barabbas – ein Mann auf der Suche nach seinem Platz in der Welt, ein Mann, der die Ketten der Vergangenheit ertragen musste und die Wahl hatte, sein Leben und das Leben anderer durch das Licht der Erlösung zu verändern.

In einer Welt, in der Schuld und Freiheit sich oft vermischten, wusste er, dass der Weg zur Erlösung ein offener Prozess blieb – ein ständiges Streben nach dem, was es bedeutete, wirklich lebendig zu sein. Und während er in die nächtlichen Tiefen starrte, war er entschlossen, diesen Weg zu gehen, egal wohin er ihn führen mochte.

Die Welt hat von Barabbas nach dem ‚geschenkten' Leben nichts mehr gehört. Vielleicht ein gutes Zeichen, denn wir alle wissen, was eine Nachricht in der Informationswelt von uns Menschen wert ist …

„Nachrichten, die starke Emotionen hervorrufen oder menschliche Geschichten erzählen, können eine tiefere Wirkung haben und als wertvoller angesehen werden. Solche Nachrichten sind oft leichter zu teilen und erreichen ein größeres Publikum, was ihren Einfluss steigert. Nachrichten, die eine starke Emotion hervorrufen oder menschliche Geschichten erzählen, können eine tiefere Wirkung haben und als wertvoller angesehen werden. Solche Nachrichten sind oft leichter zu teilen und erreichen ein größeres Publikum, was ihren Einfluss steigert: **Also schlechte Nachrichten!**

Die gab es offenbar von Barabbas nicht mehr. Das ist immerhin ein Fingerzeig …

198